KB274184

대모 代母 갈매나무 같은 시라는 나의 대모
왜 그땐 알아채지 못했을까요
전정의 고드름으로 곤두서던 굴욕과
한시도 잠재울 수 없던 분노
아명처럼 울리던 촉뢰의 외침을
끊임없이 달의 껍질을 벗기던 월티 股
나는 것으로 밤마다 차디찬 얼굴을 만들고 몸뚱이를 만들고
십년 전 자살한 대모를 되살리고
내 지하방 사원엔 서른 두 다발의 똥똥눈이 나리고
늑골의 눈밭에 폭폭 꽂히던 대모의 묫발
그곳의 바람은 문 밖으로 평창하지 못하고
푸른 영음증만 건설하는 눈보라
대모님 펜 끝에서 아기들이 죽어가요
이곳은 어느 별의 지옥 * 인가요
검은 밤의 운하가 씨나가는
월티 눈보라의 서書

바람의 서(書)

시작시인선 0099
바람의 서(書)

찍은날 ㅣ 2008년 5월 25일
펴낸날 ㅣ 2008년 5월 30일

지은이 ㅣ 정원숙
펴낸이 ㅣ 김태석
펴낸곳 ㅣ (주)천년의시작
등록번호 ㅣ 제300-2006-9호
등록일자 ㅣ 2006년 1월 10일

주소 ㅣ (우121-883) 서울시 마포구 합정동 355-24 4층
전화 ㅣ 02-723-8668
팩스 ㅣ 02-723-8630
홈페이지 ㅣ www.poempoem.com
전자우편 ㅣ poemsijak@hanmail.net

ⓒ정원숙, 2008. printed in Seoul, Korea

ISBN 978-89-6021-056-1 03810

값 7,000원

• 이 시집은 2007년 한국문화예술위원회의 창작지원금을 받아 제작되었습니다.

• 잘못된 책은 바꾸어드립니다.
• 지은이와의 협의에 의해 인지는 생략합니다.

바람의 서(書)

정원숙 시집

2008

■ 시인의 말

불모의 날들은 다 지나갔는가

누군가 또 하나의 별로 스러지고 있는가

저녁의 부두는 누구를 기다리고 있는가

바람의 전령들이

전도서의 낱장을 넘기는 순간에도

생은 소멸로 치닫고 있다

나 시원으로 돌아갈 수 있을까

2008년 초여름

■ 차 례

■ 해 설

천 개의 강이 흐르네

I was born

　천둥 번개 치던 밤을 기억하나요. 스스로 탯줄을 끊고 죽은 나무 밑에 그 탯줄을 심던. **아버버버**… 입을 벌리자 빗물이 목울대를 튕겨대며 엉금엉금 기어나오던 멜로디. **I was born; pain** 탯줄이 뿌리를 칭칭 동여매며 **어버버버**… 리듬을 맞추던 비명 소리. 천둥은 나의 심장, 번개는 나의 항문. 심장 박동이 빨라지고 항문이 번쩍 열렸다 닫히는 건 내가 아직 온전한 생명을 얻지 못한 거라 말했죠. 하지만 이걸 보세요. 손가락 발가락은 온전하잖아요. 최초의 목소리는 심장과 항문 속에 묻히고 미처 열리지도 않은 구멍들을 찢고 터져나오던 각혈. 핏덩이가 핏덩이를 쏟아내던. **I was born; 페인** 나는 당신 등에 업혀 숲길을 내달렸죠. **아버버버**… 숲이 울고 **어버버버**… 나무가 젖고 당신 등은 자궁 속보다 따뜻했죠. 상처가 고통이 될 때까지 고통이 고름이 될 때까지 고름이 고해를 할 때까지 나는 늘 당신 등에 업혀 각혈하는 핏덩이. **I was born ; pain** 천둥과 번개에게 목소리를 먹히우던, 탯줄에 묶인 뿌리에게 발목을 잡히우던, 태어남이 곧 죽음이던 그 밤, 당신 등은 너무 따뜻했어요. 자, 보세요. 손가락 발가락을 다시 세어 볼 게요. 천둥 번개 치던 그 밤을 부디 잊지 말아요.

검은 개

비가 스산한 늑골을 부비며 잠자는 거리를 깨트리네
구름들 분주하게 밤하늘을 행진하고 내 기억의 숲은 안
개로 자욱하네
검은 개가 숲의 회로를 질주하네

세실리아, 너는 위대한 예술가를 꿈꾸었지
메트로놈처럼 딸각거리는 슬픈 심장을 연주했지
그러나 너는 검은 방에서 손가락을 툭툭 분지르고 날개
를 뜯어냈지
그러므로 너의 비상은 불협화음으로 환치되었지

비는 내리는데
검은 개는 숲을 유린하는데
너는 검은 방에 담겨 비루해져가고
생은 환멸로 가득 찬 튜브 같은 거야
라푼젤의 두 번째 물고기가 강물을 역류하고
튜브를 다 짜내면 제로 이전의 제로일 뿐이지
빗방울이 서둘러 낙하하네

검은 개가 짖네

칼날 같은 발톱을 세우고 숲을 질주하던 내 귀를 열어젖
히네
라푼젤의 두 번째 물고기가 흰 등뼈를 나뭇가지에 걸치네
검은 개가 짖네
낡은 블라우스를 찢으며 늑골을 서걱서걱 갉아먹네

어느새 내 몸을 삼켜버렸는지 속이 활활 타오르네
검은 개가 짖고
토막난 네 손가락들 불길 위에서 춤추는데
손을 휘저어도 불길은 잡히지 않네
비애의 숲이 풀썩 재로 내려앉네

검은 개는 침묵하고 이제 내가 짖네

종이 무지개
—딜레마

저 아래 개미처럼 일만 하는 사람의 집들이 빽빽해요. 굴뚝마다 신열 같은 몽롱한 연기 솟아오르고 불덩이 내 몸 속에서 아버지가 화투패를 뒤집어요. 손끝에서 싸리꽃이 지고 동백꽃이 뚝 뚝 떨어져요. 달이 기울고 마지막으로 손아귀에 틀어쥔 태양, 불기둥이 혓바닥을 빼내 물고 몸 밖으로 솟구쳐요. 아버지가 지팡이를 저으며 뛰어나가요. 순식간에 아귀굴이 되는 몸. 숟가락들고튀어나온동생하얀재처럼날아다니는빨래퍼머머리하고선전봇대검둥이가된우리집누렁이부적처럼나뒹구는개조심벽보 온몸에 불이 붙은 아버지, 불개미가 치마 밑단에 엉겨 붙어요. 제발 날 놓아주세요 아버진 살 만큼 사셨잖아요 어디선가 달려오는 사이렌 소리. 내 몸을 파먹고 있는 불개미에게 차가운 물을 끼얹어요.

거기 누구 없나요? 천정에서 뜨거운 열쇠들이 쏟아져요. 나는 며칠 밤 목 없는 앵무새의 발목을 잡고 시계탑 주위를 맴돌았어요. 머리 속에서 말벌이 잉잉거려요. *거기 누구 없나요?* 열쇠들이 내 몸에 꽂혀와요. 쨍강쨍강 금속의 빛을 뿌리며 내 몸을 점령해가요. 거기 누구 없나요? 새의 모가지가 목젖을 타고 꾸룩꾸룩 오르내려요. 아랫도리가 뭉클

젖어와 팬티를 벗어 들여다보아요. 사라진 앵무새가 죽어 있어요. 새장 속으로 걸어 들어가 축축한 아랫도리를 활짝 벌려요. 주인 없는 햇살이 차가운 모래를 뿌리고 있어요. *거기 아무도 없나요?*

집을 지어요. 챙챙한 달빛으로 레이스를 짜요. 시간은 오래전에 멈추어 나는 양 갈래로 머리 땋은 소녀. 레이스를 완성해도 선물할 사람이 없는 소녀. 전설 속 아버지는 옛집을 허물던 내 손톱과 발톱에 의해 매장되었어요. 나는 잠시 어깨를 들썩였을 뿐 벙어리가 되어야 했어요. 입을 벌리는 순간 전설의 상처의 먹이가 되어야 했어요. 소리 없는 아버지의 비명소리 푸르게 발광해요. 아버지도 달빛처럼 빛나던 소년이었을까 꽃 한 번 피울 수 없는 몸으로 완벽하게 짜여지는 집. 내 몸에 꼭 맞는 집을 입어요. 너무 촘촘히 짰나 숨이 막혀요. 달콤하고 황홀한 나의 무덤. 노랗게 노오랗게 할딱거리며 달빛은 나를 변화시키고 있어요.

나는 이제 나를 기다릴 거예요.

동전 백 개와 데이지꽃의 세레나데

　동전 백 개 짤랑거리며 행복해 하던 내 소녀의 계절은 모두 수묵화였네 가난을 무성생식하던 수색의 달동네 연탄 공장 굴뚝마다 잿빛 연기 하늘거리고 창공으로 몇 소절 안개의 음악이 날아다녔네

　그 음악에는 악보가 없었네 한 번 연주되면 다시 연주될 수 없는 악장들 달빛이 천 개의 악장을 넘기며 희망의 신전을 쌓을 때 아버지 옷에서 범람하던 노동으로 빚은 밀주 냄새

　그것은 아버지의 르네상스의 종막을 예고하는 것이었네 더불어 동그라미로 색칠한 달력의 기념일도 줄어갔네 달력 속에선 왜 동전소리 쩔렁거렸던 것일까

　가령 꽃이 내게로 왔다면 그 꽃은 데이지꽃이었을 것이네 나는 모든 꽃을 데이지꽃이라 불렀네 상징은 가끔 실재를 혼동시키지만 그것은 모든 날들을 내 앞에 꽃밭으로 펼쳐주었네

　데이지꽃는 내게 밤의 맹목을 가르쳐 주었네 밤새가 울

때마다 맹목의 사랑으로 잠자리를 뒤척였네 실족한 바람
처럼 나는 상념의 다리를 절룩거렸네

저녁의 거미들이 손에 닿지 않는 내 몸의 내피에 사방연
속무늬 실뜨기를 하고 새벽이면 제 다리를 뜯어내고 달아
나곤 했네 견딜 수 없게 하는 것들이 늘어날수록 나는 나를
다그쳤네

지금 이 순간에도 소녀 혹은 소년들은 생의 여백을 열정
으로 채우고 있을 것이네 열정은 아직 오지 않은 생에 대한
두려움이 끓는 비등점의 순간 그리하여 그들은 생의 반대
쪽으로 혹은 같은 쪽으로 걸어가고 있을 것이네

그리고 어느 순간 길을 잃을 것이네 이 지상에서 길을 잃
는다는 것은 지금껏 관계 맺었던 인연의 사슬이 모두 끊기
는 것 그리하여 너를 잊고 과거를 잊고 꽃 한 송이에 모든
것을 거는 것이네

어떤 희망도 꿈꿀 수 없을 때 빈 호주머니에서 짤랑거리
는 동전소리 귓전을 맴도네 데이지꽃 이파리 시름시름 말

라갈 때 세레나데는 몸 속 깊은 곳에서 울려퍼지네

세레나데의 곡명은 돌이킬 수 없는 계절의 야상곡 바람
이 어둠의 악장을 넘기고 달빛이 첼로의 현을 켜네 불온한
악장들이 계속 연주되고 달빛의 신전이 서서히 허물어지네

그것은 내 르네상스의 쇠퇴기를 알려주는 음절들 달력의
숫자들이 줄어들 때 나는 허겁지겁 빈 호주머니를 뒤집어
보네 그리고 메마른 데이지꽃 이파리를 아프게 뜯어내네

세레나데는 끊임없이 일생이라는 악보를 연주하네

한 생이 다 가고 있네

코르셋

　　퇴근 후 코르셋을 벗는다 내 속의 어두운 짐승 한 마리,
쥐가 눈을 번쩍 뜬다 먹어도 먹어도 배 고픈 쥐 길게 자란
앞니와 낮 동안 파묻혀 있던 발톱으로 몸통을 할퀴어대고
이빨 가는 소리를 내는 침대 스프링 몸 속 척추뼈도 갈비뼈
도 엉치뼈도 울음을 터뜨린다 귓속으로 저벅저벅 걸어들
어온다 오늘은 꼭 너를 잡고 말 테야 쥐는 출구를 찾아 뛰
어다니기 시작한다 자궁을 지나 음순을 열고 몸 밖으로 뛰
어나간다 편의점을 지나 야식집을 지나 하수구로 들어간
다 쥐의 발자국을 따라 나는 편의점을 기웃거리고 야식집
쓰레기봉투를 뒤지고 하수구에 발을 담근다 한순간 쥐는
다른 쥐를 만나 몸을 섞는다 교미소리 자동차 경적소리에
묻히고 나는 쥐의 꼬리 쪽으로 손을 뻗는다 잡힐 듯 잡히지
않는 쥐 나를 옭아매는 또다른 굴레를 의심하며 쥐를 쫓는
다 새벽 별빛 사위어 갈 때 축축한 이슬을 묻힌 채 내 속으
로 뛰어들어오는 쥐, 음순을 갉아먹기 시작한다 코르셋을
입는다 낯설지 않은 사람들이 비린내를 풍기며 지나가는
출근길 누군가 내 속의 풀리지 않는 질, 문을 마구 흔들어
대고 있다

행복한 홈리스
— 로드 무비

전조등을 켠 자동차들이 내 그림자를 밟고 지나가네
잎 진 포플러 나무, 귓속으로 알아들을 수 없는
말들을 쑤셔 넣고 길은 몸속으로 빨려들어오네
허방만 밟던 발자국도 몸 속 길을 걷기 시작하네
전조등이 입 속에서 터지고 낙조가 밀려들어와
몸 속 길은 외등의 숨결로 환하게 발광하네

*

캔디의 목장
캔디야 백주대낮의 목장이 더 위험해
사방의 철조망
도망치다 잡힌 양들이 강제로 삭발을 당하며 울부짖네
도망쳐도 소용없어
양들은 높은 곳의 십자가를 바라보며 중얼중얼
자꾸 자라나는 털을 혀로 핥아대는 캔디
맨발로 도망치고 또 도망치고
이곳은 낮도 밤이고 밤도 낮일 뿐이야
양들은 순한 걸음으로 초원 위를 거닐고
캔디는 뒤돌아보며
이 넓은 목장은 교도소와 다름없어

그때 한 늙은 양이 소리치네
한 번 찍힌 낙인은 절대 없어지지 않아
목동이 늙은 양을 발로 걷어차네
캔디는 서쪽 철조망을 필사적으로 뚫고 나가려 하고
붉은 살코기처럼 철조망에 걸리는 노을
십자가에 불이 켜지고
사나운 채찍에 교도소 안으로 느릿느릿 걸어들어가는 양
떼들
내일은 기필코 내 몸의 낙인부터 떼어 먹어야지
피투성이 캔디 위로 캔디처럼 달콤한 잠이 덮쳐오네

셧 다운

시침과 분침이 마지막 애무를 나누네
곰팡이 핀 벽지 위를 터벅터벅 걸어가는 아버지 노래소리
꿈틀거리기 시작하는 몸 속 플라나리아
벽지 곳곳 아버지 발자국이 찍히고 노래는 고래 잡으러
동해로 향하네
자정의 고래잡이가 내게 선사한 건
서늘한 꿈과 희망의 몸체를 식육하는 바쿠스제
아버지 발자국만큼 불어나는 플라나리아

아버지를 향해 꿈틀꿈틀 기어가네
아버지 아들들이 걸어가네
완행열차를 타려다 멈춰선 아버지 눈동자 휘번둥거릴 때
자, 떠나세요
수많은 아들들이 아버지 품에 철벅철벅 들러붙네
난 어딨지?
아버지 발자국을 찢고 나는 벽 속으로 들어가네
벽 속 죽어 있는 늙은 고래 한 마리
나는 벽 속에서 어머니가 북어 패는 소리를 듣네

카타콤베
우리, 낡은 트렁크에
금 간 크리스탈 꽃병과 누렇게 바랜 우비와 중년의 크리
스테바를 구겨넣고
모텔 카프리로 가자
낡은 트렁크에 잿빛 오월의 우울과 폐기하지 못한 사랑
과 죽은 카프카를 구겨넣고
사막의 모텔로 가자
우리, 낙타의 혹 속에 태아처럼 몸을 웅크리고 검은 강을
건너 사막에 도착하자

　　모텔 카프리 네 개의 객실 등불, 그 붉은 전갈이 유혹하
는 죽음의 기호를 더듬어
벨을 누르자
은빛 머리칼의 노인, 문을 열며
이곳은 하루에 일 센티미터씩 모래 속으로 빨려들어가지
우리, 낡은 트렁크를 낚아채는 그를 따라
카타콤베로 가자
낙타의 발굽에선 얼마나 많은 모래들이 죽어갔을까

*

전조등이 깨진 자동차들 몸 속 길 위에
불법 주차중이고 포플러 이파리들 내 속에서
머리를 맞대고 양 한 마리 양 두 마리 셈을 하네
길은 몸 밖으로 빠져나가 뱀처럼 엉겨붙어
꼼지락거리고 내 발자국은 보이지 않는 길을 따라
어둠 속을 질주하네 길은 수렁처럼 환하네
나는 길을 찾고 있네

아카펠라, 집시

나, 초원 위를 거니네 구름이 태양의 숨통을 틀어막고 나
무들이 피 묻은 붕대를 굴리네

저 머나먼 늙은 도시에 당신이 알지 못하는 장님이 살지
피부는 포도빛 눈동자는 올리브빛

어젯밤 죽은 내가 오늘 아침 태어난 나를 악기처럼 부둥
켜안네 아카펠라를 흥얼거리네

———————

아카시아 이파리가 피의 초원을 음계처럼 떠도네 나, 초
원에서 태어나 초원에서 영혼을 키웠네

당신이 알지 못하는 늙은 도시에 멀리까지 볼 수 있는 장
님이 살지 피리를 불며 맨발로 초원 위를 걸어가지

오늘밤 죽은 내가 내일 아침 태어난 나를 만돌린처럼 쓰
다듬네 아카펠라를 흥얼거리네

목이 잘린 말들이 아카시아 향을 입에 가득 물고 바람결
에 흔들리네

당신도 나도 알지 못하는 늙은 도시에 마음까지 읽어내
는 장님이 살지 사람들은 충만한 거지같다고 돌을 던지고
침을 뱉지

내일 밤 죽은 내가 모레 아침 태어난 나를 시타처럼 감싸
안네 아카펠라를 흥얼거리네

───────

신의 지문처럼 찍히는 바람의 낙인 웃던 돌이 울고 울던
태양이 웃네

아무도 가본 적 없는 머나먼 늙은 도시에 영혼까지 훔치
는 장님이 살지 피리를 불면 독사 한 마리 혀를 길게 빼고
초원을 삼켜버리지

그 속에 어젯밤 죽은 내가 오늘 아침 태어난 나를 멜로디
처럼 목 조르고 내일 밤 죽은 내가 모레 아침 태어난 나를
정물처럼 짓누르네 아카펠라를 흥얼거리네

———————

나, 초원 위를 거니네

웃던 돌이 사라지고 울던 태양이 사라지고 피의 초원이
사라지고 어제도 오늘도 내일도 모레도 무수히 태어났다
죽어간 내가 사라지네

비로소 장님은 사라진 우리가 되지 당신도 나도 모르는
사이에

13월생 여자

내 욕조 속에는 두 개의 달이 떠오르네
노란 장화 검은 모자

노란 장화를 신고 욕조에 눕네
아직 태어나지 않은 열 개의 발가락을 꼼지락거리네
탯줄에 목이 감겨 노랗게 질린 아기
나는 황급히 두 다리를 지우고
그곳을 빠져나오며 중얼거리네

아가야 다음엔 새 장화 속에 둥지를 틀렴

검은 모자를 쓰고 욕조에 누워 눈물을 흘리네
13월의 바람이 욕조를 흔들 때
나를 노려보는 눈 부릅뜨고 죽은 아기
자라지 않는 머리칼
나는 달력의 숫자를 지우네
모자를 날리며 왱왱 휘도는 내 목소리

아가야 다시는 모자 속에 둥지를 틀지 말렴

노란 장화 검은 모자
내 욕조 속에는 두 개의 달이 사라지고

13월에는 아무도 나를 초대하지 않았네

가학과 피학 사이

바람조차 불어오지 않아 서운히 쓸쓸한 날입니다

나뭇가지 뒤척이는 소리 아득히 멀어지고 별이 촘촘히
돋아나는 밤입니다

양계장 철망에 갇힌 조각달 아홉 조각 북쪽 강을 향해 목
을 길게 드리우고

천 년 전부터 눌려오는 가위 이야기를 풀잎 위에 쏟아냅
니다

머릿속이 까마득히 정전되고 천장의 쥐떼 득시글거릴 때

달력 속 숫자들 한 무리 기병대로 말발굽 소리 드높여 돌
격해옵니다.

무리 속엔 낯익은 얼굴들과 내일 죽은 비둘기가 숨죽이고

백지 위로 번지는 형체도 알 수 없는 비명소리 쥐떼가 설
컹설컹 갉아먹습니다

기병대는 둥그런 달의 부족에게 창살을 꽂고

창살에 꽂힌 생살의 푸득거림을 부지런히 해부하는 별
무리

방 안 가득 퍼져오는 것은 비린내 나는 달의 살점뿐입
니다

그 길 위 오골계 한 마리 잘린 손마디로 오르간을 연주하
며 노래 부릅니다

숲 속 외딴 곳의 하얀 병원
그곳 사람들은 아침마다 진단서를 다리고
밤마다 수신인이 명확한 일기를 쓰지
헤어드라이기로 침으로 흥건한 건물 외벽을 말리고
날카로운 펜촉으로 의사와 간호사의 눈동자를 톡톡 깨트
리지
누가 미쳤고 누가 안 미쳤을까
불 꺼진 밤, 복도 통로를 배회하는 중얼거림
약장의 알약이 휘청거리고
낡은 쇠침대가 가릉거리고
찢겨진 성서가 마지막 구원의 날개를 가볍게 뜯어내지

오르간이 오골계에게 화끈거리는 발톱의 노래로 화답을
합니다

너는 누가 반죽해 놓은 먹구름일까
너는 누가 망친 데칼코마니일까

검은 머리 짐승보다 더 외롭고 고통에 찬
너의 발성법은 천둥과 번개와 사시나무만이 번역할 수
있지
너의 병원은 신성한 영혼들의 영토
주사위를 던지며 손가락을 아름답게 절단하는 의사와
체스를 하며 발톱을 부드럽게 뽑는 간호사들
그들 눈알을 뽑아 쇠꼬치에 나란히 꿰어
다리미로 빳빳이 달군 달력 위에 고실고실 구워봐
미친 사람과 미치지 않은 사람들이
불타는 성서 속에서
삐걱거리는 쇠침대 속에서
위태로운 알약 속에서
우리 모두의 탯줄을 자른 녹슨 가위를 들고 뛰쳐나올 거야

붉은 빛깔의 길
검은 빛깔의 길
하얀 빛깔의 길
너는 어느 주단 위를 뛰어갈래?

머릿속이 황홀하게 방전되고 천장의 쥐의 시체들 소란스

러울 때
　잘린 손마디가 부끄러운 오골계와 뽑힌 발톱이 슬픈 오
르간이
　한 세계를 건너간 둥그런 달의 부족을 따라 별무리의 행
렬을 지나
　백지의 산맥을 오릅니다

　비조차 내리지 않아 목타게 외로운 날입니다
　기병대의 말발굽에 쥐떼 득시글거리는 밤이 목 졸리는,
새벽 아닌 새벽입니다
　가학과 피학 사이 의문부호처럼 서 있지 마세요
　안 돼요! 그 길 위에 주저앉지 마세요
　조각달 아홉 조각을 함부로 밟지 마세요
　침조차 샘솟지 않는 북쪽 강가에서
　딸깍딸깍 오르간 소리 숨결을 고르는 순간
　우리의 진화는 모두 퇴행입니다

바비인형

카페 '빛'에는 빛이 오그라들고 있네
　　나는 낡은 드레스와 구두를 신고 쇼파에 앉아 있네
몇 사람이 흑맥주 불빛 속에서 비스크 인형처럼 흐느적거
리네

나는 침묵과 빛에 이르는 길을 찾고 있네
　　늘 발성되지 않는 목소리를 방뇨하네 그때마다
몸 밖의 소리는 아우성치는 침묵 속에서 오열을 토하네
　　과거와 미래의 흔적이 되네
커피잔의 찌꺼기처럼

내 이미지에 집착하는 주인은 빛을 집어삼키는 자
　　그는 계속 춤추라고 명령했네
나는 자주 멈추어섰네
　　그는 나의 실체를 눈치채지 못했네

어느 날 그가 선물한 우산대로 그를 찔렀네
　　살아 있는 것과 죽은 것들을 피칠하며
떨어지는 마지막 낙조 같던 그의 눈빛
　　어떤 의심과 후회도 피어나지 않았네

나는 빛이 오그라드는 카페 '빛'에 앉아 있네
    하나둘 문밖으로 나동그라지는 비스크 인형들
그들 얼굴은 범죄자처럼 어둡네

    나는 침묵으로 키운 내 속의 빛의 열매를 따먹고 있네

한 번도 읽혀지지 않은 동화나라

1

　그는 한 번도 읽혀지지 않은 동화나라에 가네
　그곳에는 머리 위에 어항을 얹고 다니는 불모의 여인이
살고 있네

　그의 고향은 고통받는 처녀들이 사는 섬이라네
　그는 그곳에 태를 묻었고 떠나올 때 그 자리에 침을 뱉었
다네
　고통받는 처녀들은 이제 처녀가 아니라네
　늙어서도 처녀로 남겨져 있어야 한다네
　굴 따는 처녀 물질하는 처녀
　어망을 손질하는 처녀 긴 긴 해안선을 빗어내리는 처녀
　그녀들의 손은 살아온 생만큼 울퉁불퉁하다네
　고통 속에서도 천국의 조그마한 땅 한구석을 개간한다네

2

　그는 착각과 매혹과 유혹에서 벗어나기 위하여 고통받는

처녀들의 섬을 버리고
　한 번도 읽혀지지 않은 동화나라에 왔네
　행복도시로 간 빨간 머리 이치크와 염소 화이겔라와 닭
로자는 떠나기 전 그를 찾아왔었네

　이치크 : 이곳은 천국이 아닌 게 확실해
　화이겔라 : 그러나 저 무성한 풀들을 봐 천국에도 이만한
행복을 주는 곳은 없을 걸
　로자 : 떠나봐야 아는 거지 어느 곳이 천국인지 지옥인
지…

　한 손엔 데이지꽃 주머니 속엔 동전 백 개 짤랑거리며 그
는 왔네
　한 번도 읽혀지지 않은 동화나라에 왔네

　　3

　포도鋪道는 피톨 같은 단풍잎을 수런수런 잉태하고
　머리 위 어항을 얹은 불모의 여인이 하프를 켜고 있네

내 머리 위에는 지옥과 천국이 공존한다네
어리석은 자들은 어항 속 죽은 물고기를 애도하고
현명한 자들은 죽은 물고기 눈깔 속에서 자신의 영혼을
발견한다네
태양이 뜨면 죽은 너희 영혼을 위해 레퀴엠을 불러야 한
다네
태양이 지면 다시 살아나 고통받는 너희 영혼을 위해 아
카펠라를 불러야 한다네

어린이가 없는 한 번도 읽혀지지 않은 동화나라
저물녘 뱀파이어처럼 모락모락 혈색이 도는 사람들
하프 소리만 서녘 하늘을 붉고 푸르게 물들이네

4

집 없는 그는 거리를 배회하다
머리 위에 어항을 얹은 불모의 여인을 따라
끊어질 듯 끊어지지 않는 하프의 통음通音을 데이지꽃과

동전 백 개에 새기며 걷네
　　문신처럼 새겨지는 통곡과 회한과 분노를 삼키며
　　데이지꽃과 동전 백 개 스르르 잠이 드네
　　그는 손을 뻗어 어항을 만지네
　　순식간에 어항 속에서 어리석은 자들과 현명한 자들이
그의 손을 잡아끄네
　　그는 어항 속으로 빨려들어가네
　　빨간 머리 이치크와 염소 화이겔라와 닭 로자가 망가진
주사위를 던지고 있네

　　이치크 : 이곳은 천국인 게 확실해
　　화이겔라 : 맞아 저 무성한 주검들을 봐 지옥에도 저만한
쾌락은 없을 거야
　　로자 : 떠나봐야 아는 거지 어느 곳이 지옥인지 천국인
지…

5

　　머리 위에 어항을 얹은 불모의 여인이 하프를 부수네

굴 따는 처녀 물질하는 처녀

어망을 손질하는 처녀 긴 긴 해안선을 빗어 내리는 처녀
들이

새로 개간한 천국의 조그마한 땅 한구석을 뒤엎네

봄날의 하이킹

봄날의 하이킹이 시작되네 청평을 지나 춘천가도를 달리
네 꽃 한번 피우지 못한 내 그림자 강물 위를 달리네 촤륵
촤륵 맴도는 바퀴살의 실루엣 강물을 돌돌 감네 소풍 나온
가족들의 즐거운 얼굴 강물 위 일렁이는 목련꽃으로 환하
게 피어나네 바퀴살의 실루엣 그들 그림자를 둘둘 감네 누
워 있는 목련꽃이 뚝뚝 떨어지네

바퀴는 달리고 봄햇살이 물이랑마다 다트 핀을 촘촘히
꽂네 떨어진 목련꽃을 공처럼 굴리네 강물이 흐르고 하이
킹도 흐르네 선두에서 뒤처진 내 등을 누군가 떠미네 몇 개
바윗돌과 낮게 내려앉는 구름덩이, 곳곳의 부비트랩을 요
리조리 피해 달리네 어떤 의혹도 변주도 용납되지 않는 레
이스 아, 즐거운 봄날의 하이킹 깃대도 피니쉬 테이프도 보
이지 않네

천 개의 강이 흐르네
— 메시아를 기다리며 나는 집중하네

가을, 낙엽이 흐르네
안산 모롱롱가 포도鋪道를 뒹구네
낙엽 한 잎 손에 움켜쥐자
파르르 전율하는 나무의 피톨의 숨결
고통과 악수하는 혼돈의 생들
천 개의 강으로 흐르네

*

검은 새가 된 감상적 킬러
한 사내가 죽었네 사내의 뼛가루 강물에 뿌려지고 그 뼛가루를 쪼아먹은 검은 새 한 마리, 내 속에 감옥 같은 둥지를 틀었네 마음의 뿌리가 송두리째 흔들리고 어둠의 시간이 오면 사내가 오토바이에 시동을 거네 담배를 꼬나물고 거리를 질주하네 뽀얀 달을 향해 총질을 하네 가슴 속 창들이 일제히 깨지고 구멍 뚫린 달에서 검은 꽃잎이 술술 풀려 나오네 신음하는 어둠 위로 검은 꽃잎이 쌓이네 어둠은 밤새 중얼거리네 새벽녘 사내는 피 묻은 외투를 말리네 죽음의 냄새 스민 몸 구석구석을 에테르로 닦아내네 거울 앞에 서자 활활 타오르는 검은 새 한 마리 거울 밖으로 날아가버

리네 세상에서 잊혀진 한 사내가 화염의 시간 속을 질주하
고 있네 사내는 이미 나를 내 몸 밖으로 추방해버렸네

공작이 되고픈 돼지

돼랑아 돼랑아 날개를 활짝 펼쳐봐 너의 머리는 허름한
재래시장 뒷골목에서 빈사瀕死의 미소를 날리고 있구나 발
랄한 네 꼬리를 흔들어봐 똥밖에 분무할 수 없던 네 슬픈
꼬리 슬퍼서 행복했던 돼랑아 언젠가 놀이공원에서 만난
공작 공주의 몸짓은 너무 우아해서 너는 서글펐지 걱정하
지 마 너는 공작 공주보다 더 아름다운 최후의 미소가 있잖
니 목에 칼날이 꽂히는 순간에도 해맑게 웃는 네 미소, 공
작 공주의 팔색조 날개보다 더 아름다우니까. 너의 머리에
핀을 꽂아줄게 보석보다 공작의 날개보다 더욱 찬란한 마
리아치의 노래가 흘러나오는 머리핀을 쿡쿡 꽂아줄게 이
젠 울고 싶어도 웃을 데가 없구나 돼랑아 돼랑아 지난 시절
의 회억回憶은 빗방울과 함께 튀어오르는 흙탕물 속에 죄
다 버려야 해 들리지?

롱다리 개구리 왕자

롱롱 다리 다리 개구리 왕자는 황새만큼 다리가 길었으

면…… 상스의 m에게 닿기 위해선 더 길어야 하는데……
상스의 m은 롱롱 다리 다리 개구리 왕자의 연상의 연인 그
녀는 곱추에 난장이이지요 폴짝폴짝 뛰어 그녀에게 가닿
을 수 있지만 이왕 폼나게 한걸음에 닿고 싶은 거지요 상스
의 m은 하얀 피부 롱롱 다리 다리 개구리 왕자는 초록 피
부. 빛깔은 달라도 사랑은 하나라고 할아버지는 충고했지
요 욕망이 길수록 다리가 길어지는 시간은 더디고 상스의
m은 그를 몰라도 그는 그녀를 동경하지요 연꽃 속에 얼굴
을 파묻고 기도할 때 초록 피부를 연꽃처럼 발그랗게 해달
라고 고개를 주억거리는 롱롱 다리 다리 개구리 왕자 한 뼘
도 채 안 되는 그의 다리, 그의 욕망, 나날이롱롱 다리 다리
늘어만 가지요

의심하는 시계추

30년 된 거실의 시계는 Made in france 알프스 산정 푸
른 통나무집은 시계의 몸통이자 시계추의 안식처 그러나
시계추는 늘 의심하네 오늘이 바로 어제 내가 한 바퀴 돌던
생의 이후일까 내일은 오늘 내가 포물선을 그리고 떨어질
질긴 운명의 시간의 끈일까 그가 가리키는 두 시와 다섯 시
와 열두 시는 내일도 모레도 다가올 시간들 똑같은 하루 똑

같은 일상 좌우로 흔들리는 이 몸짓, 이 진부한 생이 과연 내 생이란 말인가 시계추는 고개를 갸웃갸웃 알프스 집을 응시하며 알프스를 의심하고 시계바늘을 째려보며 의심스러운 시간을 뱉어내네 뎅뎅뎅 제 몸을 흔들어야 비로소 사람들은 한숨을 짓거나 안도의 숨을 토하네 한숨과 안도는 시계추의 생에 또 다른 의심을 낳고 또 낳고 내일은 아직 도래하지 않은 오늘일 뿐 시계추는 지나간 시간과 다가올 시간을 의심하며 뎅뎅뎅 끊임없이 자신의 의심을 긍정하네

빨간 바바리 원숭이

피터 고백은 하지 마 네 연극은 신물 나게 봤거든 고백은 너에게 어울리지 않아 차라리 빨간 바바리를 걸치고 여학교 옥상에 올라가봐 출입문은 늘 열려 있어 그것은 하나의 암시 순결한 여학생들의 성교육을 위한 카니발 꼭 지켜야 할 준수사항은 반드시 알몸이어야 할 것 성기를 탱탱하게 조율할 것 피터 너는 경건한 사제처럼 계단을 밟으며 옥상에 우뚝 서야 해 그리곤 배트맨처럼 멋진 망토춤을 추어야 해 여학생들이 창문을 열고 얼굴을 내밀 때 근엄한 얼굴로 순식간에 망토를 활짝 펼쳐야 돼 그렇지 그렇게 화끈하게…… 어떠한 시련이 닥쳐도 이것만은 잊지마 넌 훌륭한

성교육자라는 사실을……

철학하는 염소

너의 수염은 프로이트를 질투하며 한 올 라깡을 저주하며 또 한 올 크리스테바를 증오하며 또 한 올 네 손에 의해 뽑혀나가지 그 자리엔 붉은 점이 돋아나고 너는 거울을 뚫어지게 바라보다 붉은 점 속으로 들어가지 그곳은 파파 앵무새가 철학개론을 펼치는 곳 그러나 너의 철학개론은 신중하고 경제적인 되새김질에 대한 탐구 풀들의 반란을 잠재울 수 있는 획기적인 치열교정에 대한 숙고 철학개론은 철학게놈으로 변용되어 수많은 게놈을 이끌고 너는 거울 밖으로 걸어나오지 풀로 붙여 만든 초록수염의 염소떼들 땅 속으로 뿔을 박아댈 때 너의 철학개론에는 엉덩이에 뿔난 염소에 대한 혁신적인 논고가 새롭게 추가되지

마음 약한 개

우리집 백구는 참 착해요 마음 모진 내가 간혹 발길질을 해도 깨갱 소리 한 번 내지 않고 배신하고 떠난 애인의 입술을 탐하듯 내 구두를 빨아대지요 내가 녹신 맞아야 당신이 행복하다면 주저 말고 원 없이 때려주세요 그게 사랑이

라면…… 어쩌면 나의 사랑하는 백구는 내 사랑의 증거를
가혹한 폭력에서 찾는지도 모르죠 그래요 어차피 사랑이
란 온갖 피학 속에서 더 눈물겹고 더 찐득거리니까요 내 발
길질이 당신 발길질이 세상으로 향할 때 우리는 열정적인
에로티즘을 만끽하기도 하지요

실론에서 온 마지막 나비

실론 티를 마셔요 실론 실론 솟아오르는 수증기 속에서
나비 한 마리 날아올라요 천 개의 구름을 뚫고 내게 날아든
나비 실론 티는 점점 식어가고 나비 날갯짓은 더욱 격렬해
져요 수증기 걷히자 나비는 사뿐히 어깨 위에 안착해요 나
비는 날개를 절룩이며 하늘을 나는 것은 날개가 찢기는 고
통보다 더 고독하지 내가 떠나온 실론은 이미 존재하지 않
고 또다른 실론을 찾아 너에게로 왔지 그러나 이곳은 시체
가 썩는 듯 퇴폐적인 냄새 가득한 곳 이제 나는 것 자체가
불행일 뿐이지 나비는 찢긴 날개 죽지에 얼굴을 파묻어요
부란덴부르그에서 헤어졌던 한 나비는 살아 있음 자체가
죄악이며 고독은 사치의 최고를 상징한다고 말했던가 겨
드랑이에서 날개가 돋아나기 시작해요

*

나무는 이 계절을 견디기 위해
모든 핏물을 몸밖으로 배출하네
그러므로 낙엽을 바라보며 아름답다 말하는 것은
나무의 생에 대한 모독이라네
그리하여 나는 메시아를 기다리며 집중하네
한 잎 낙엽 속의 고통과 욕망과 의심과
도착倒錯과 피학과 가학과 고독과 갈망을
계속되는 삶의 원정들을
천 개의 강이 도도히 흘러감을

거울 산책
— 시간의 게토

안락사시킨 개의 축 늘어진 혓바닥이 거울 속에 담겨
있고 다섯 살 소년이 13층 아파트 쇠창살 사이로 고개를
내밀 때 벚꽃 이파리들 낡은 벤치를 깔아뭉개고 있다 바
람의 이빨이 버려진 운동화 끈을 갉아먹고 갓난아기를
업은 노인이 저녁의 공기를 요람처럼 흔들고 있을 때 놀
이터 모래무덤 속으로 13층 소년이 순식간에 떨어진다

아침: 시침과 분침, 수직으로 선다, 알람 꼭지 누르고, 눈
감는 그, 빨리, 빨리, 실눈 뜨고 양치질 할 때, 등 뒤에서 재
촉하는, 아내의 목소리, 휴일의 풀밭처럼 솟은 수염 쪽으
로, 면도날 들이밀던 그, 깜빡 조는 사이, 거울 속, 아내의
목마저 긋고 만다, 그가 서둘러 앉는 식탁, 그의 목을 틀어
쥐는 넥타이, 접시 위엔 아내의 두개골, 포크와 나이프 든
그, 뇌수 속, 아내의 웃음 파먹는다, 파먹다만 두개골, 가방
속에 쑤셔 넣고, 층계를 내려간다, 머리 없는 아내, 손 흔들
때, 골목길 내달리는 그, 멀리 푸른 신호등, 깜빡, 깜빡, 그
가 뛴다, 뛴다, 서류뭉치 같은 구름 깔린, 하늘 밑, 횡단보도
를,

절벽: 하늘은, 검은 광목으로, 덮여 있다, 두 개의 복면,
헤드라이트 불빛에, 뭉크의 판화처럼, 보석 상점 유리창에,
찍혀지고, 시궁쥐 한 마리, 그 앞을 지나가고, 오늘 게임은,

3분 안에 종결시켜야 해, 익숙하게, 밤의 사슬, 끊어내는 그
들, 비상벨, 굶주린 짐승처럼 울고, 검은 융으로 덮인 보석
들, 허겁지겁 가방 안에, 담겨지기 시작한다, 그때 한 남자,
불 꺼진 도서관 앞, 나무 의자에서 담배를 피우다, 황급히,
어둠 속으로 사라진다, 게임은, 정확히, 3분 안에 오버된다,
이쪽에선 낯익은, 자동차 바퀴소리, 저쪽에선 비명 같은,
사이렌소리, 들려오고, 두 개의 복면, 허둥거리고, 고양이
한 마리, 시궁쥐를 향해, 밤의 난간, 뛰어내릴 때, 희망은,
매혹적인 밤의 갈피에, 끼여 있다, 그들은, 3인조다,

　　　　돼지를 실은 도살장으로 향하는 트럭이 43번 국도변
　　　　금 간 볼록거울 속에서 몸을 빼낸 뒤에도 오랫동안 돼지
　　　　들이 깨진 거울 틈에 끼여 웃고 있다 애국가가 끝난 TV
　　　　처럼 어떤 거울은 간혹, 부재중이다

유령

　웃어요 활짝 웃으란 말이에요 안 웃으면 입을 쫘악 찢어 버릴 거예요 그렇죠 그렇게 치즈하고 외치면서 치아를 하얗게 드러내야죠 자, 그대로 잠깐 숨을 멈춰요 숨이 막힌다구요 내게 찍히면 숨이 막힐 거란 건 예상했어야죠 찍히면 죽는다, 오늘은 내가 당신을 찍기로 했으니 내 명령대로 해야 되는 건 당연한 불문율 아니겠어요 아, 머리 빗는 걸 깜빡했다구요 걱정말아요 새집처럼 솟은 머리카락 몇 올쯤 감쪽같이 솎아내 주거든요 이제 내 눈을 봐요 뭐라구요 내 눈이 안 보인다구요 좀 전에 듣지 못했나요 내 눈은 이미 당신 눈 속을 헤엄쳐다니고 있다구, 셔터가 터지면 당신 눈 속의 내 눈도 뜨거워질 거라구요 하나 둘 셋 구호는 디즈니 만화만큼이나 고리타분하다구, 청산할 것은 빨리 청산하는 게 몸에 이롭다구, 이 카메라가 미리 말하지 않던가요 자, 이젠 정말 찍겠습니다 야, 거기 뒤에 누구야? 비켜! 사실 이 카메라 이백 년 만에 처음 사용해보거든요 쫘악 찢어진 입이 무척 사보타지하네요 헤 헤 찰칵!

코스모폴리탄
— 숙주가 자랄 때

첫 번째 숙주가 자랄 때
경계도 없었네
특별한 일요일도 없었네

내가 알고 있는 세상의 전부는 어머니의 젖가슴과 처마
에서 떨어지는 빗방울소리

어둠은 풀리지 않는 최초의 유혹

형체모를 황홀과 쾌락에 대해 생각할 때
숙주 하나 몸속에서 돋아나 첼로소리보다 낮게 흘러다
녔네
죄 짓기 싫어, 죄 짓기 싫어, 손가락을 빨아댔네

몸 속 세상은 청명한 백야

마리퐁퐁 연못 속으로 차가운 달이 추락해도
열대지옥에만 집착했네

열세 번째 숙주가 자랄 때

백야가 서서히 걷히고 숙주는 갈팡질팡 뛰어다녔네
기차역 너머 바다가 있다는 사실도 알게 되었네

나무도 서 있기 힘들면 제 가지를 부러뜨리듯
바다도 밤새 제 따귀를 때리고

만국기처럼 팔랑거리는 심장

따뜻한 집보다 금지된 정원을 동경했네

Tell me why?
Tell me why?
외치던 나날들

꽃병을 깨뜨리던 날
꽃과 바람의 경계를 왜곡시켰네

스물세 번째 숙주가 자랄 때
등뼈가 시려왔네
막다른 골목에서 나쁜 피를 게웠다 다시 삼켰네

뼛속까지 일렁이는 기차역 너머 불온한 바다

그러나 풍경 중 가장 아름다운 것은 초저녁별의 잉태라
는 사실도 알게 되었네

온몸을 감싸오는 사랑의 제단에 바치는 태양춤

늘 허물고 부수고 깨뜨릴 것들만 찾아다녔네
그러나 세상은 거북등껍질보다 완강했네

숙주들은 목구멍부터 항문까지 신나게 미끄럼을 타고 두
통이 꿈속까지 연속되었네

서른아홉 번째 숙주가 자랄 때
숙주들이 풍선처럼 몸을 부풀리기 시작했네
허겁지겁 마법의 모자를 쓰고 몸속으로 들어갔네

숙주들은 해독할 수 없는 전자기호를 씹고 또 씹고
그들과 함께 사라진 백야를 찾아 전자사막으로 잠입했네

이글거리는 툰드라의 들판

나는 무덤을 파고
숙주들은 무덤가에서 비대해진 몸통을 팡팡 터뜨리며 주
문을 외웠네

뜨거운 피의 역류 열대지옥으로 불타오르는 몸 속 세상
까맣게 탄 인형들이 몸 밖으로 포탄처럼 터져나갔네

그 무엇도 우연을 비껴갈 수 없었네

Tell me now is it so or not.

박쥐

태양이 천 개의 삽날로 무덤을 파고 있어

거꾸로 솟구치는 피

서둘러 발톱에 붉은 페티큐어를 칠해야 해

너는 맨발로 달리는 늙은 기관사

              열차 안을 기웃거리지 마

누군가 귓속말을 하지

붉은 페티큐어를 뚝뚝 흘리며 맨발의 기관사를 쫓지 마

나는 뼈마디를 꺾으며 몸을 웅크리지

늙은 기관사는 달리고 또 달리고

너는 나를 모르지만 나는 너를 잘 알지
침묵의 어금니로 내 몸통을 잘게 부수는 너

늙은 기관사는 승객들을 파묻는데

　　　　열차 안을 기웃거리지 마

늙은 기관사를 절대 쫓지 마

누군가 귓속말을 왱왱거릴 때

늙은 기관사는 달리고 또 달리지

천 개의 삽날 위로 뚝뚝 떨어지는 붉은 페티큐어

거미집

1

오래된 흑백사진 속 폐가 한 채 바람이 숨어들고 있었네

*

느릅나무 우듬지는 새들에게 따뜻한 겨울집을 분양하고
구름은 낡은 싸리빗자루처럼 하늘에 걸려 있었네

*

노을이 마당을 흥건히 적실 때
할머니는 아궁이에 군불을 지폈네

*

아랫목에 두 개의 밥그릇이 파묻히고
거미가 문지방에 집을 지었어요
거미는 죽이는 게 아니란다

*

낡은 털옷을 입은 할머니,
문풍지를 달고 신문지를 덧발랐네

*

바람의 골이 깊어지던 밤 할머니는 밤새 뜨개질을 했네

*

우리는 몇 해째 오지 않는 봄을 기다리고
거미는 먹이를 기다렸네

*

눈보라 몰아치던 꿈길 거미 한 마리 머리 위를 기어다니고
어쩌면 저 거미가 기다리던 먹이는 내가 아닐까
손바닥으로 거미를 내리쳤네

*

새벽길 끝에서 들려오던 상여소리

*

밥그릇은 불꺼진 구들장처럼 식어가고
댓돌 위 할머니 고무신 보이지 않았네

*

거미는 내 속의 문지방을 지키고
골짜기를 흘러가던 상여소리 폐가를 흔들고 있었네

2

저물녘 구름 속에 자귀나무 꽃이 피고 있네

*

거미가 문지방을 찢고 내 얼굴을 찢으며 걸어나오네

*

바람이 찢긴 상처를 어루만질 때
마을은 찌개 끓는 냄새로 소란하고
저녁 공기는 어스름 속으로 빠르게 섞여가네

*

열차의 기적이 유리창을 흔들며 지나가고
나무는 이파리를 떨구네

*

사방에 어둠을 살포하는 발톱 붉은 노을

*

죽은 벌레의 앙상한 그림자를
길 위로 던지는 희뿌연 가로등

*

저녁은 거미를 끝간 데 없는 낭하로 밀어붙이네

*

하얀 머리칼 몇 올 거미의 그물집에 매달려 흔들리네

*

마을은 묘지처럼 적막하네

*

지금 키 낮은 전구의 스위치를 올리는
나는 야행성이네

인터뷰

안녕하세요. 라푼젤님. 두개골 뚜껑은 찾았나요?/아, 한 동안 바다 깊은 곳에 있느라 깜빡했네요./오늘 아침 당신 두개골 뚜껑과 닮은 사람을 만났어요./그래서요?/그도 저처럼 당신 두개골 뚜껑을 찾고 있더군요./참 희한한 일이네요./그런데 한 번도 지상의 일이 궁금하지 않던가요?/아버지를 파묻고부터 내 영감에 촉수를 들이대는 것이 없었거든요./아무리 악다구니 세상이라지만 그래도 소설은 더 극적이더군요./물고기들이 뇌 속에서 춤추는 건 더 극적이었죠./어떤 기분이었나요?/선무당이 작두 위에 올랐다 갑자기 발바닥에 피가 철철 흘러내리는 풍경이랄까?/요즘 라푼젤님이 들려주었던 말들을 되씹어보곤 해요./무슨 말요?/허구가 인습을 만들고 제도를 만든다./한때 허구에 대한 많은 생각들을 기포로 날려버린 적이 있었죠./그럼 이제 두개골 뚜껑 따위엔 집착하지 않는단 말인가요?/그게 다 뭡니까?/난 라푼젤님의 두개골 뚜껑을 찾느라 지금껏 버텨왔는데요./모두 잊어버려요./어제도 당신의 두개골 뚜껑과 닮은 사람을 봤는 걸요./딱 한 가지만 기억해요./그게 뭐죠?/내가 아는 모든 것이 허구에 지나지 않는다./당신이 아는 나도 허구란 말인가요?/당신은 왜 내 두개골 뚜껑을 찾아다니죠?/글쎄요./당신은 나의 육체이고 나는 당신의

이드죠./그럼 두개골 뚜껑은 뭐죠?/당신 아버지를 파묻으
세요./왜죠?/그 뒤부터 당신도 허구에 대해 확실히 깨닫게
될 테니까요.

결빙과 해빙 사이

　나 어머니 산도産道를 비집고 나올 때 아무 생각도 하지
못했네 이미 타고 난 죄를 누구에게도 발설하지 않았지만
모든 이들이 알고 있었네 누군가 아랫도리를 만졌네 혀를
차며 눈시울을 붉혔네 그 손은 쪼글쪼글한 할머니의 손 아
무도 나를 쳐다보지 않았네 부끄러워 얼굴을 붉히고 고개
를 숙였네 발엔 돌멩이만 차이고 눈엔 안개비만 서러웠네
보아야 할 것을 보지 못했네 보지 말아야 할 것을 보고 말
았네 죄의 심연 속에서 내가 점점 작아지고 있었네 작아지
는 키를 늘여야 했네 구구단을 외우고 알파벳을 익히고 방
정식을 풀었네 그러나 내 속의 수많은 질문들은 풀리지 않
았네

　날개 부러진 새 한 마리 자궁에 세들었네 크고 작은 침묵
들을 물어다 그곳에 심었네 아무도 알아들을 수 없는 그들
만의 연주 짙푸른 녹음이 지상의 뺨을 어루만질 때 나는 열
대야를 찢고 겨울숲을 깨트렸네 침묵은 단단한 돌멩이로
자라고 새울음만 울렁울렁 토해냈네 만화 같은 사건들이
위험한 꽃씨를 터뜨리고 돌멩이가 돌멩이를 배고 그 돌멩
이가 또 다른 돌멩이를 배던 날들 근종으로 쑥쑥 자라던 생
의 나날들 파문과 흔적 사이 침묵하는 생의 관조가 요동치

네 우수가 있고 상실이 있고 진부한 차연이 있네 너와 나
사이 한 컷의 교차가 있네 결빙과 해빙 사이 미세한 틈이
있네

　그리하여 마리아 살던 곳으로 나 떠나리 생의 사순절 단
식을 지키지 못한 나 해빙의 순간 온몸을 풀어헤쳐 내 육신
을 들짐승들에게 내어주리 그들 내장 속에서 훌륭한 영양
소가 되어 새끼를 낳고 또 낳으리 최후의 순간까지 돌이끼
의 먹이가 되리 버섯의 곰팡이가 되리 끝끝내 티끌보다 작
은 한 톨의 공기가 되리 어느 한순간 너의 눈동자 너의 심
장을 조율하는 최후의 소나타가 되리 아나키스트로 떠돌
던 내 영혼의 집이여 목가적인 빈곤만이 영원히 지속되어
라 나의 너를 향해 침묵의 전도서로 끝없이 나부끼어라

부세화[*](浮世畵)

— 아프가니스탄에서는 누가 웃는가

제1畵

불면 ┃ 길은 보이지 않는다

　　　25시 편의점 담벼락의 목련꽃 환하게 발광한다

　　　달빛이 목련꽃 그림자를 갉아먹는다

　　　어둠은 손아귀에 내 목덜미를 움켜쥐고 뛰어간다

　　　가로등이 뛰어가고 주유소가 뛰어간다

　　　어둠은 다시 뒤돌아 지나왔던 길을 달린다

　　　가로등이 멀어지고 주유소가 멀어진다

　　　목련꽃 봉오리 떨어지며 웃는다

　　　실리콘처럼 탱글탱글한 웃음소리,

　　　달빛을 통통 튕기며 보이지 않는 길 위를 뒹군다

　　　나는 목련꽃 봉오리 속을 달리고 있다

제2畵

징후 ┃ 태양이 수천 개로 쪼개지는 밤

　　　온몸이 근질거려 목욕 타올로 문지른다

　　　피부가 발갛게 달아오르고

　　　검은 개미떼가 입속으로 쏟아져 들어온다

비명을 질러도 목소리가 나오지 않는다
집을 나와 행복한 돼지나라로 향하는 열차를 탄다
절뚝거리는 구름들이 좌석마다 앉는다
목이 따가워지기 시작한다
개미 몇 마리 목에 걸린 모양이다
상관하지 않는다
구름들은 수다를 떨고
그들 목소리 천둥소리로 내 머리를 때린다
목을 움켜쥐고 다시 소리를 질러본다
목소리는 나오지 않고
개미떼가 입에서 쏟아져나온다
대가리와 다리가 모두 잘려 있다
구름들이 일제히 자리에서 일어나
천둥소리를 내며 개미들을 집어삼킨다
창 밖에는 피뢰침을 든 태양
레일을 파내기 시작한다
열차는 내 몸 위를 달리고 있다

제3畵

정글 ｜ 그대는 매일 내 배를 가르고 내장을 꺼내
　　　홍건한 핏물을 쑤셔 넣고 예쁘게 봉합해준다
　　　다시 태어나게 해줘서 고마워요
　　　눈물을 흘리며 뚱뚱한 그대 품에 안기고
　　　그대를 위하여
　　　행복한 돼지나라를 위하여
　　　기도 시간은 늘어간다
　　　밤마다 꿈마다
　　　저승의 음계로 첼로가 연주되어도
　　　나는 늘 해피하게 기상한다
　　　이 나라에서 가장 큰 죄악은
　　　살이 퍽퍽해질 정도로 뚱뚱해지는 것
　　　아아… 더 이상… 퍽퍽해지기… 전…
　　　당신… 살을… 베어내야… 겠어요
　　　심장 판막을 울리는 사방의 첼로소리
　　　나비의 날갯짓소리
　　　비명소리도 없고 다툼도 없는
　　　침묵만이 기적을 낳는 행복한 돼지나라

제4畵

에필로그 | 새들이 숲속을 날아다닌다

풀밭에 눕자

바람이 첼로소리를 내며 늑골을 뚫고 간다

나는 햇살을 희롱하는 나비

물구나무 선 채 꽃잎을 따먹는다

비상飛上의 비망록을 쓰다 낮달에 걸터앉아

호러무비를 감상한다

한 발의 총성이 숲을 흔든다

총알이 내 몸을 관통한다

아직 늦지 않았다면 그대에게 편지를 쓰고 싶어

행복한 돼지나라의 돼지들과 나무와 꽃들에게

마지막 고해성사를 하고 싶어

총알이 몸속에서 소용돌이친다

내 몸이 찢겨지고 날개가 바스러진다

비망록 글자들이 햇살에 녹아내린다

돌멩이가 보랏빛 풀꽃으로 날아다닌다

＊근심으로 가득 찬 허무하고 덧없는 세상을 표현한 그림들을 일컬음

맨발의 이사도라

왜 내 발에 아무도 키스해 주지 않죠?

발이 점점 작아지고 있잖아요 낡은 슈즈는 높은 빨랫줄
에 걸려 구름과 엉겨 붙고 누렁누렁 바래가는 하얀 타이즈

바람은 창문 철조망의 거미줄을 애무하는데 헝클어진 내
머리카락은 누가 곱게 빗겨주고 땋아줄 건가요

춤추지 못하는 나날들
나 아닌 나를 살아내기엔 너무 힘겨워
온몸에 피멍이 들도록 맞고 싶은데

벙어리 언니는 내 발을 어루만지며 웅얼거리고 절름발이
동생은 자꾸 춤춰보라고 졸라대요

모던 댄스는 한물갔다고 누군가 속삭이는 소리 나는 모
던하지도 모나지도 않았지만 눅신 맞아야, 질퍽 슬퍼야 춤
출 수 있어요

하루에도 수천 번 환청처럼 들려오는 지상의 음악들 천

장 위 생쥐들의 탭댄스 소리

　창문 철조망 좀 부숴 주세요
　새 슈즈와 타이즈도 신겨 주세요

　그때서야 비로소 나는 위태로운 거미줄의 곤충처럼 슬픈
맨발을 허공에 휘갈겨댈 수 있어요

　이제 내 발에 키스해 줄 수 있죠?

아바나의 숲

무료한 구름들이 시계초침처럼 시간의 구릉을 오르고 있
어 검은 꽃과 나비의 행렬은 열세 개의 초를 분지르고 사라
졌어 목 잘린 촛불은 낭자한 적막의 소요 속에서 빠르게 부
패해가고 흐린 창가에 앉아 오지 않을 너를 기다리다 나를
세상 밖으로 추방시켜 버린 지 이미 오래야

내가 키우는 몰모트 한 마리 눈 먼 눈동자로 풍경의 배를
가를 때 나는 아바나의 숲을 떠올려 보지 가보지 않아도 마
음의 발이 먼저 닿는 곳 그러나 이곳은 바람 한 점 불어오
지 않아 까슬까슬 말라가고 몰모트는 저녁의 창에 퉁퉁 불
은 고환을 문질러대지

내가 실험 중인 몰모트 오늘은 그의 눈알을 뽑았다 다시
끼우고 어제는 그의 팔다리를 잘랐다 다시 붙이고 그저께
는 그와 핏기 없는 사랑을 나누다 까무룩히 까무라졌어 그
때 누군가는 장기를 이식해 몇 년을 더 살고 또 누군가는
밤의 가등 밑에서 초라히 죽어가지

어느 곳에서도 바람은 불어오지 않고 내 토르소만이 슬
픈 그림자를 끌며 달의 정원을 걷지 달의 뒤통수를 본 적

있니 그 속엔 늙은 애벌레가 꿈틀거리며 젖을 짜고 나, 그
곳으로 망명하고 싶어

　푸른 젖물이 흘러내리는 달의 뒤통수는 한번도 가보지
못한 아바나의 숲 애벌레의 체액이 뿜어져 나오는 환각의
시간이 어떤 신념도 어떤 혁명도 그 숲을 빠져나가지 못하
게 하지

　내 실험의 끝은 상처투성이 몰모트와 아바나의 숲을 떠
도는 거야 다리가 없으면 무릎으로, 무릎이 없으면 가슴으
로 기어서라도 기어코 다다라야 해 그러므로 뜨거운 머리
만으로 이 적막을 관통해 나가야 해 스물일곱 개의 화분을
깨트리고 세계의 젖줄을 잘라내야 해

　그러나 나는 지루한 면도날로 그의 손목을 긋고 또 긋고
그는 미친 듯이 웃다 까부러지듯 울어대고 있어 침묵의 시
간은 스스로 목을 졸랐다 다시 깨어나고 아, 이 고립은 내
가 나를 끊임없이 감시하고 실험하며 순식간에 나를 삼켜
버릴지도 몰라

　자, 이제 아바나의 숲으로 갈까 달의 뒤편에 천 년동안
숙성시켜온 나의 아바나의 숲으로, 우리는 늘 지상에서 죽
었다 다시 깨어나는 몸이므로 매일 실험 당하는 몰모트이
므로 촛불을 켜들고 가자, 아바나의 숲으로

빵을 든 여자

그 여자 가네
바알간 화덕 속 갓구운 갈색빵을 들고

그 여자 가네
가슴이 숯불처럼 식어버린
그에게 가네

명치끝을 파고드는 눈발이
그와 함께 한 잔의 커피를 나눴던
간이역 의자를 빼곡히 점령해도

그 여자 가네
털어도 털어도 어깨에 쌓이는 눈처럼
빵은 부풀어가네
한 덩이 그리움을 들고

그 여자 가네
그리움은 왼손에서 오른손으로 방향을 바꾸며
다시 오지 말라던 그의 상점 속으로 빨려들어가네
따스한 혈관 속 같은 그곳, 그는 없네

탁자 위 약속처럼 지워져버린
지난날의 흔적과 시든 꽃을 바라보다
갈색 빵을 놓아두고 서운히 상점을 빠져나오네

그 여자 가네
역 앞 추위에 떠는 시계 바늘이 양팔을 접을 때

그 여자 가네
눈길을 터벅거리며

그 여자 가네
눈발은 그 여자가 서 있는 배경을 지우고
불현듯, 길 건너 따스한 혈관 속에서
한 여자와 환하게 웃고 있는 그가 출렁이네

그 여자 가네
그 여자의 흐려진 망막 위로
그의 얼굴이 눈가루인 듯 빵가루인 듯 부서져내리네

그 여자 가네

힘없이 고개를 떨구며

그 여자 가네

빵은 이제 없네

직녀의 나라

다락방 미싱 앞에 쪼그려 앉은 어머니
너덜너덜해진 자궁을 깁네
미싱은 비명도 없이 돌아가고
미싱이 돌 때마다
남동생이 태어나고
여동생이 태어나고
다락방은 어머니의 나라
아버지가 거대한 불알을 출렁거리며
다락방을 오르네

어느새 얼굴 가득 주름 박힌 어머니
아무도 열어보지 않은
내 자궁을 촘촘히 박아대네
미싱은 비명도 없이 돌아가고
미싱 앞에 내가 앉아 있네
발바닥에 은하수 반짝이는 아버지
다락방을 오르려 하네
아버지 그림자는 그믐 달빛
어머니 잔소리 실밥을 사방으로 날리우는
다락방은 이제 나의 나라

난 아무것도 태어나지 못하게 할 거야
노래 불러도
미싱은 비명도 없이 잘도 돌아가네

II

내 마음의 고독한 독도

바람의 서(書)

허밍을 날리듯 온 몸의 감각과 구멍을 여네

독하고 슬픈 바람의 말이 귓가를 배회하네

타클라마칸에서 핏기 잃은 바람

티벳고원에서 무릎 깨진 바람

아프리카에서 숙성된 바람

응답을 기다리는 사람들 늘 바람 쪽으로 귀를 열어도 바
람은 쉽게 흔들리지 않고 형체 없는 말의 그물을 짜네

실낱 같은 소리에도 죄의 소멸을 읊조리고 불안하지 않
은 비행飛行을 꿈꾸는 자들,

기타소리보다 낮은 곳에 흐르는 바람의 말을 필경할 수
없네

밀입국자처럼 떠도는 바람

* * *

새벽, 비탈에게

어머니 바람에게 뼈마디를 세 내준 어머니

왜 그땐 외면했을까요

우주까지 확장되던 나의 공상과 치유할 수 없을 것 같던

죄의식 결핵균처럼 번져나가던 가난이라는 종양을
　종일 연탄재가 날리던 수색
　나는 재 속에 죄를 묻었고
　내 죄가 무엇인지도 모르고 누군가 끊임없이 들춰내던
죄의 리스트
　밤새 반성문을 쓰게 하던 날들
　그곳의 바람은 세상을 검게 물들이는 폭풍
　어머니 파스 냄새가 무서워요 이 폭풍은 언제 끝나나요
　두개골 밑 폭풍이 써나가는
　수색 비탈의 서書

정오, 사구砂丘에게

　아버지 측백나무 같은 노동이라는 아버지
　왜 그땐 외면했을까요
　달걀 껍질처럼 쉽게 금 가던 근육과 쌓아도 쌓아도 허물
어지기만 하던 생의 지층 감기처럼 달고 살던 소외와 결핍
이라는 근종을
　종일 누에가 집을 짓고 허물던 잠실蠶室
　고치 속에 측백나무 아버지를 편히 누이고
　모래의 식단으로 식탁을 차리고

토막난 양초에 불을 붙이던 날들
그곳의 바람은 아버지를 때리고 힐책하고
그것을 바라보던 내 마음의 사풍砂風
아버지 관절에서 망치소리가 나요 지리멸렬한 이 공사는
언제 끝나나요
고치 속 아버지 망치가 써나가던
잠실 사구의 서書

저녁, 눈보라에게

대모代母 갈매나무 같은 시라는 나의 대모
왜 그땐 알아채지 못했을까요
천정의 고드름으로 곧추서던 굴욕과 한시도 잠재울 수
없던 분노 이명처럼 울리던 속죄의 외침을
끊임없이 달의 껍질을 벗기던 월피月皮
나는 그것으로 밤마다 차디찬 얼굴을 만들고 몸뚱이를
만들고
십년 전 자살한 대모를 되살리고
내 지하방 사원엔 서른 두 다발의 풀꽃눈이 나리고
늑골의 눈밭에 푹푹 꽂히던 대모의 목발
그곳의 바람은 문 밖으로 팽창하지 못하고

푸른 얼음층만 건설하는 눈보라
대모님 펜 끝에서 아기들이 죽어가요 이곳은 어느 별의
지옥*인가요
검은 밤의 운하가 써나가는
월피 눈보라의 서書

＊ ＊ ＊

바람은 늘 먼 곳에서 달려와 낮은 곳으로 흘러가므로
낡은 기타줄처럼 툭툭 생의 피대가 끊어지는 낮은 곳의
사람들,
가슴과 가슴에 비탈을 만들고 사구를 만들고 눈보라의
둔주곡을 불어넣네

천 년의 밀입국자처럼 떠도는 바람 바람이여

너는 나를 관통하고 있었구나

*김혜순 시집 제목

중독

— 샌드위치

팔월오후너의얼굴벽에어른거릴때
레몬을먹네시디신즙이입안가득퍼지고
뼈와살속까지절절이파고드는데
내몸은나날이시들어가는데

(샌드위치를사러간너를기다리고있었지
너는패스트푸드점문을밀고들어섰겠지
마요네즈와햄이배를맞춘샌드위치를주문했겠지
너의시선치즈같이매끈한소녀의살갗위에서
미끄럼을탔겠지아랫도리마저폴짝거렸겠지)

너는레몬핀엔젤을좋아하지
너의어항속으로들어가고싶어싶어…
나는이미어항속을떠다니는데
너의눈길스칠때마다비늘이돋아나는데
지느러미하늘하늘자라나는데

('나는햄저소녀는마요네즈'
너는갓구운식빵처럼촉촉한상상을했겠지
벌써두시간이지나고세시간째

너는분명내게로오고있었을거야)

나는레몬핀엔젤이되어어항속을헤엄쳐다니는데
거웃같은인공수초가흐늘거리고온몸을휘감는데
푸른오후너는프리지아꽃한다발화병에꽂는데
나는뻐끔뻐끔너에게말을건네는데

        (기다림은내키보다높고커다란바위가되었지
        끝내산산이부서져모래알이되었지
        그래서늘굴욕적이었지
        아,내몸속가득축축한마요네즈가흐르고있다구
        너는더욱탄력있는햄이될수있다구)

차가운뒷통수만보여주는
너의오후는향기롭고나의오후는잿빛인데
언제든너에게로갈수있는가깝고도먼거리
사랑은이렇게묵묵히응시하는것

        (어둠은이미서쪽하늘을점령하고
        아,내몸속마요네즈서서히부패해갔지

구멍이란구멍마다울컥거리기시작했지)

너의방그림자한쌍으로겹쳐질때
비늘은칼날처럼곤두서고
지느러미는유리벽에부딪혀흐늘거리는데
너는사자자리나는물고기자리

　　(너는오지않고눈과입과자궁에선
　　누런마요네즈가흘러내리고
　　몸속수분까지모두빠져나와
　　피톨은모래알로혈관속에서서걱거렸지)

너의그림자늘한쌍으로
어항유리에어룽지는데
나는너의눈동자에
단하나의별로붙박히고싶은데

　　(내몸은점점사막이되어가고있었지
　　커다란바위하나내속의사구에서
　　끊임없이굴러떨어지고떨어지는데)

은박 접시

소풍이 너무 좋아, 소풍을 가고 있었어 커다란 트럭에 친구들과 겹겹이 쌓여 어디론가 실려가고 있었어 제기랄, 내 매끄러운 얼굴과 위 아래 겹쳐진 그들의 얼굴이 징그럽게 미끄덩거렸어 너무 좋아, 숨이 막혀 구역질이 올라올 것 같았어 참을 수밖에 제기랄, 난 소풍 간다 너무 좋아, 나는 소풍 간다 수없이 뇌까리는데 바람이 따귀를 갈겼어 너무 좋아, 정신을 차려보니 나는 추락하고 있었던 거야 제기랄, 8차선 도로 위를 날고 있었던 거야 너무 좋아, 태양을 향해 손을 흔들어댔는데 자유를 얻었는데 티코가그랜저가덤프트럭이달려들어도 너무 좋아, 온몸은 주름투성이 어느새 팍 늙어버린 거야 제기랄, 노란 햇살이 주름의 틈새로 차갑게 파고드는 거야 너무 좋아, 아팠어 의식은 점점 흐려지는데 제기랄, 바람보다 가벼운 이 자유의 무게 그래도 난 소풍이 너무 좋아, 풍장을 치른 내 웃음소리 허공으로 경쾌하게 튀어오르는 게

달의 정원
―검은 오르페우스

동토의 나라 눈 쌓인 언덕 위의 집에서 나, 어머니 뱃속
을 걷어차고 뛰어나왔지요

손가락 다섯 개 발가락 다섯 개 아버지는 손가락을 꼽아
가며 내 몸통을 훑고 어머니는 얼어붙은 미역국을 깨고 탯
줄을 심었어요

탯줄은 나날이 자라나 자작나무 뿌리를 휘감고 그때마다
이파리들 온몸을 부벼대며 허공에 매다는 랩소디

네모가 세모를 낳을 때
별이 꽃을 낳을 때
바람이 폐허를 낳을 때
눈 쌓인 언덕 위 달이 몸을 풀지요
입속으로 눈을 털어넣고 또 털어넣고
아아 비명을 날려보아요

쿠바에 가서 지골로가 되고 싶어 혓바닥과 배꼽에 피어
싱을 하고 얼굴에 검댕이칠을 하고 싶어

혁명이 있었던 쿠바 지금도 조용한 혁명이 일렁이는 쿠

바 그곳 자그마한 카페 앞에 하얀 집시 옷을 입고 사람들에
게 카드점을 쳐주고 싶어

　붉은 꽃을 주렁주렁 달고 살사 댄스를 추고 싶어 흑진주
처럼 검고 투명하게 내 몸을 불사르고 싶어

　그러나 나는 혁명의 꽃이 될 수 없으므로 차라리 검은 오
르페우스가 되고 싶어 황혼녘의 방파제에 램프를 켜들고

　나의 대모는 변기를 닮은 대머리
　그녀를 껴안으면 비릿한 달내음이 풍겨나오고
　쨍강쨍강 금속소리 달빛으로 흘러내리지
　입속으로 눈을 한 움큼 털어넣고 또 털어넣고
　하얀 식탁이 기우뚱거리고
　검은 피아노가 기우뚱거리고
　세상은 온통 레몬 옐로우빛

　그러나 나는 이곳 동토의 나라에서 바람의 성서를 듣고
적막과 권태만을 사생아처럼 뱉어내는 바그다드 카페를
방문하지요

달들이 술을 마시고 끽연을 하고 욕설을 내뱉는 곳 찌그
러진 달과 깨진 달과 짓이겨진 달들이 서로의 상처를 핥아
주지요

사나운 바람이 들려주는 태양 나라 소식 익명의 행복은
죽은 자의 무덤을 들추어내는 것과 같다고 공허한 혀를 차
지요

밤마다
심장 판막을 팔랑거리게 하는
미친 바람의 성서
둥둥둥 달의 살점을 뜯어먹는
천둥의 부족과
변기를 닮은 대모와
언덕 위의 하얀 집

황홀한 장례식은 없지요 불온한 안식일만 도래하지요

동토의 나라 러시아에서 자작나무가 혁명의 냄새를 풍길

때 카리브의 진주 쿠바는 반짝이는 별에서 혁명의 꽃을 피
우지요

　달콤한 입맞춤을 분지르는 슬픈 사내와 꽃병을 깨뜨리는
고독한 여자처럼 먼 들판의 풍경은 전방위적으로 달려드
는 생의 비애

　그러므로 우리는 환상을 복제하고 환상을 몸통에 이식하
지요

　　생은 한 줄기 달빛보다
　　불투명한 우화寓話
　　자작나무 가지 위로 쏟아져내리는
　　동토의 달빛,
　　내 뼈를 묻어야 할
　　최후의 달의 정원
　　핫 쳇투 알로!*

　머나먼 前 생애부터 카리브해를 건너 티벳고원을 지나
이곳까지 다다른

나는 검은 오르페우스

  거대한 시티파크를 부수고 미래도시 할렘을 건설하는 거
야

  슬픈 사내와 고독한 여자처럼 죽어가는 달의 정원을 쓸
쓸히 배회하지요

  퉤 퉤 침을 뱉으며…

*인디언 언어로 '아멘' 이라는 뜻

램프를 켜줘요

I

네온사인 불빛이 붉은 차양을 친 하늘로 수많은 상표를
쏘아 올리네 단란주점 간판은 창틀에 간신히 턱을 걸치고
그녀를 훔쳐보네 크린싱 크림으로 얼굴에 방점을 찍어나
가는 그녀

크림은 서로 몸을 부벼대며 하루분의 찌꺼기를 토해내고
티슈로 그들 몸짓을 지우는 그녀 화장대 거울에 분홍 립스
틱으로 **나는** … **원한다** 라고 쓰네

탁자에 얼굴을 처박는 그녀 화장대 귀퉁이 오늘 그녀가
못 다 붙인 주차위반 스티커들이 어깨를 들썩이네

한때나는일을원했고나를닮은조그만승용차를원했
네언제인가바람의길을묻고사라져간이름도알수없
는그에게매일밤캠코더에얼굴을들이대고수신인없
는사랑을전송했네그리고스티커발부로내게심한욕
설을퍼부어대는그를우연히다시만나게되던날녹화
된테이프를잘라버렸네

그녀는 거울 속 분홍 글자를 지우네 한순간의 동작으로

커튼을 치고 검은 스카프를 들고 춤을 추네

란제리 끈이 어깨에서 미끄러져 내려오고 취객들의 고함

소리 앰뷸런스 소리 젖은 란제리에 들러붙네

그녀의 땀방울이 띄엄띄엄 무채색 문장을 써나가네 **나는
이제 … 원하지 않는다**

그녀는 황급히 차단기를 내리네

II

피익, 피익, 이 소리 들리니 누가 와서 날 좀 도와줘 내 입

을 틀어막아줘 내 몸에서 그가 서서히 빠져나가고 있어 나

를 발로 마구 차도 좋아 허공에 함부로 띄우는 것도 상관없

어 운동장처럼 넓고 어두운 방 뜨거운 모래바람만 불고 있

어 누군가 숨통을 조여대고 지금 마악 어둠이 내 몸을 덮어

주던 붉은 양탄자를 모두 끌어당겼어 부메랑 같은 별들이

유리창을 통과해 머리 위로 뿌려지고 있어 개 짖는 소리 희

미하게 들려와 피익, 피익, 피이익, 어떡하지 어둠이 그를

모두 빨아먹고 있나봐 블루 혹은 블루*로 끝없이 나리고

있어

*야마모토 후미오 소설

파리 바케트 간판 불빛은 꺼지지 않는다

여자는 자궁을 들어냈다
굳게 닫힌 셔터의 자물쇠를 통째로 뜯어내듯.
여자는 밀가루에 물을 뒤섞으며
돌이 꿈꾸었을 해갈을 생각한다
질의 늪을 헤집던 창백한 의사의 손처럼
밀가루를 반죽한다
밀가루는 이내 수천 개 흡반으로 물을 빨아먹는다
탄력이란 수용에서 오는 것일까
반죽은 여자의 처진 젖가슴이 되고
엉덩이가 되기도 한다
여자의 붉은 메니큐어를 반쯤 먹어버렸다
내게도 반죽처럼 부풀어오르던 꿈이 있었지
여자는 히죽히죽 웃으며 기억을 패대기쳐댄다
이건 절망이 아니야 무엇인가 부족해
여자는 오븐팬 위에
여러 가지 모양의 욕망을 올려놓는다
그 위로 스무 살 적 여자가 뛰어다니는 게 보인다
온몸이 새까맣게 타버릴 것 같다고
달구어진 오븐이 소리 없이 보챈다
창가 문패를 '오픈' 으로 돌려놓는 여자

저것이 내가 원하던 빵일까
빵은 폭신한 젖가슴과 엉덩이로 팽팽히 부풀어 있다
누군가 갓 구어진 빵을 사먹기 위하여
자궁을 들어낸 여자의 문을 열고 들어올 것이다

엄지공주

내 머나먼 前 생애에 태양의 음부를 본 적 있다네
거울 속에서 거울 밖까지
맨드라미에서 붉은 구름까지
최초의 숨결이 뿜어져 나오는 밍크강가 그 어디쯤
검은 고라니를 치마폭에 끌어안고 있는, 나는 엄지공주
램프를 하나둘 켜는 하늘에 매달려 대롱거린다네
천 년 전에 죽었다고도 하고 만 년 전에 죽었다고도 하는
엄지공주

* * *

대롱거리며 바라보는 세상은 지금 산딸기가 검붉게 익어
가는 달, 8월이라네
8월하고도 조각달이 머뭇거릴 무렵인 하순이라네
들판을 가로 질러가는 바람의 담뱃대엔 붉은 구름의 주
재소가 문을 열고
네 발 달린 것들과 공중의 날개 달린 것들과
그리고 땅 위에 사는 모든 초록 빛깔의 것들이 붉은 구름
의 주재소 문을 노크한다네

* * *

　나는 오동나무를 잘라 스스로 관을 짜는 엄지공주
　어둠의 뼈를 빻아 만든 가루약을 매일 입 안에 털어 넣고
독수리 깃털처럼 가벼운 꿈을 청한다네
　그러나 나의 우울은 밤으로 가닿지 못하고 노을 속 우물
물을 길어 올린다네
　그때마다 몸통을 삼켰다 뱉었다 하는 우물의 질姪
　밀크강 빛 끝에 걸려 있는 검은 산은 내 모습을 염소처럼
되새김질 한다네

* * *

　계절도 잊고 인디언 처녀처럼 낯을 붉히는 단풍나무
　무엇이 그토록 너를 끊임없이 팔랑거리게 하며 생을 힐
책하게 하는가
　나는 엄지보다 작은 손가락으로 내 우울의 음악을 연주
하고
　푸드덕거리는 바람은 실리카겔 같은 음표를 방울방울 복
제한다네

＊＊＊

우물물이 물통에 채워지는 동안
꽃과 시계로 가득 찬 붉은 구름의 주재소 암실에선
버팔로와 대머리 독수리와 조각달과 천둥이 들숨과 날숨
으로 신성한 평원의 말씀을 필사하고
초저녁별이 영롱하게 빛을 뿜어댄다네

＊＊＊

늪지처럼 뽀글뽀글 끓어오르는 하늘의 방광
거울 속에서 거울 밖까지
맨드라미에서 붉은 구름까지
최후의 숨결이 머무는 밍크강가 그 어디쯤
검은 고라니를 치마폭에 끌어안고 있는, 나는 엄지공주
방광이 점점 부풀어 오르자 엄지만한 몸통으로 그곳을
꾸욱 누른다네

＊＊＊

몸통만한 생의 비애를 등에 지고
사제와 형제자매와 사도 바울에게 침 뱉는 저녁의 협객,
저녁의 침공, 엄지공주들이
엄지만한 음표로 우물을 허물고 붉은 구름의 주재소를
부수고 노을을 찢으며
네 발 달린 것들과 공중의 날개 달린 것들과
그리고 땅 위에 사는 모든 초록 빛깔의 것들을 몰고 기진
맥진 달려오는 것 본 적 있다네

* * *

만 년 전에 죽었다고도 하고 백만 년 전에 부활했다고도
하는 이카루스 수도원의 엄지공주

자월도 카페

밤바다가 달빛으로 차려놓은 드넓은 갯벌 나는 이곳을
자월도 카페라 부르지요

카페의 문이 열리고 섬사람들이 모여들고 멀리 등대 불
빛 눈동자에 어른거릴 때

자줏빛 달은 떠오르지요 마디 굵은 손들이 갯벌에 드문
드문 찍혀지고 모여들었다 흩어지는 그림자들

달빛 아래 랜턴을 켜들고 소라를 잡고 낙지를 잡는 낯빛
이 푸르스름한 사람들 그러나 태양 아래서는 나이보다 더
많은 주름을 늘이며 누렇게 웃는 사람들

무언가 모두 빠져나가 더 이상 손에 쥘 게 없는 썰물의
시간들 갯벌에 질펀하고

상처 입은 사람과 상처 입지 않은 사람들이 각자의 사연
을 갯벌에 쏟아내지요

바지락이 삐죽삐죽 울고

코끼리조개가 코를 팽팽 풀고
갱*이 연신 몸부림을 치고

카페 가득 흐르는 음악은 바다가 선사하는 파도 교향곡

촛불도 없고 화려한 조명도 없는 어둠만으로 차려진 카
페엔 끝없는 기다림으로 눈물마저 말라버린 서러운 사연
들이 가슴을 훑어내리지요

누군가는 웃고 누군가는 조잘대고 또 누군가는 침묵하는
이곳의 주인은 언젠가는 꿈처럼 잊혀져갈 우리 모두의 생

카페 문이 닫힐 때쯤 바다는 어머니처럼 한껏 펼쳐주었
던 품을 접으며 바다의 자식들에게 달빛으로 숙성시킨 젖
을 물리지요

내일의 양식을 어망 가득 담은 사람들 하나둘 갯구멍 같
은 집으로 향하고
저 멀리서 들려오는 희미한 자장가 소리 텅 빈 자월도
카페의 등을 쓸어내리지요

잊으라 잊으라고……

비우라 비우라고……

* 새끼 소라

크레바스

1. 환상 혹은 추억

내게 환상을 일으키는 것은 섬, 집시, 침묵, 찰나

섬, 자월紫月 섬, 나는 이곳에서 하나의 자연이 되네 바위
가 되고 폭풍우가 되고 태양이 되네

집시, 집시, 하고 불러보네 느릅나무 숲길을 하염없이 거
닐고 짐승들과 덤불숲에서 뛰놀다 함부로 잠이 드네 잠에
서 깨어나 밤의 별자리에 내 꿈의 긴 항해일기를 쓰네

침묵, 침묵, 그 속에선 모든 것을 반추할 수 있네 반추의
여정이 서늘하게 뒷덜미를 타고 흘러내리네 어떤 추억들
은 마주하기 고통스럽기 때문이네

찰나, 찰나, 섬의 북쪽 성당에서 별안간 종소리가 흩어져
나부끼네 그 소리에 갈매기들 바닷물을 털어내며 푸드득
날아오르네 안개에 싸인 바다가 순결한 처녀의 숨결로 내
입술을 훔치네
이 모든 순간 나는 더운 사막 위에 누워 차디찬 희열을

느끼네 그리고 한 사람이 내게 등을 보이고 떠나가는 것을
보네

2. 벼랑에서

벼랑에 서서 바닷길을 바라보네

하얀 모래톱의 갈매기 몇 마리 얼마 남지 않은 생의 이정
표를 날카로운 발톱으로 헤집고 햇살은 그 자리를 탐식하
네 내 마음의 빗장이 스스로 닫히네

책을 읽는 사람은 구석에서 사는 거지 사랑에 빠진 사람
들도 구석에서 살아가지 절망에 빠진 사람들도 모두 구석
에서 살아가는 법이지 숨을 죽이고 누구에게 말을 하거나
누구의 말을 듣지도 않으면서 마치 벽에 그려진 사람처럼
공간에 달라붙어 살아가는 거지*

바다를 굽어보는 이 벼랑은 바다를 마주한 하나의 벽이
라네
네가 아닌 그 어떤 사람에게서도 나는 더 이상 아무런 느

낌을 느낄 수 없다네

내게 간절한 것은 단순한 기쁨이 아니라 오직 바로 너이
기 때문이네

3. 절망이 저만치

바람이 부네 2월의 바람이 부네

고독한 섬의 바람이 부네 탁자 위 밤새 눈물의 텍스트를
써나가던 촛불 혼곤히 잠이 들고 목마른 화병이 목을 비트
네 나는 언제부터인가 내 이름조차 잊어버렸네

세상의 은둔자 자월紫月의 산책자 침묵의 몽상가

자줏빛 달이 떠오르고 바다도 바위도 모든 풍경들도 자
줏빛으로 잠겨드네 별이 무수히 떨어지고 절망 하나 위태
로운 돛배에 몸을 싣고 망망대해를 건너 누추한 내 가슴의
창문을 두드리네
그리하여 너를 향한 끝없는 독백이 시작되네

서서히 지워져가는 이미지들 꿈속에서조차 마모되어가
는 너라는 환영 모래알처럼 흩어졌다 다시 모이는 바람은
너의 갈비뼈에서 새어나오는 아나키스트의 숨결

바람이 부네 2월의 바람이 부네 절망을 부르는 섬의 바
람이 부네

4. 다시 벼랑에서

적막한 벼랑 위를 다시 오르네

사위는 자줏빛으로 잠겨 있고 나는 벌거벗은 채 바위 위
에 몸을 너네 어스름 달빛에 몸을 적시네 알몸의 나는 묵묵
히 여명을 받으며 온몸을 떠네

멀리서 파도의 전갈이 당도하네

사랑도 절망도 황폐함을 씻어주는 또 하나의 환각일 뿐
이지 무엇이든 의미를 부여한다는 것은 아직 살아 있다는

증거야 살아 있다는 감각이 절정에 달할 때 모든 쾌락은 허
무로 바뀌지

　파도의 말씀이 전도서처럼 펼쳐질 때 나는 계시처럼 벌
떡 일어나 느릅나무 그늘 밑 수렁 속으로 걸어들어가네

　세상의 소리들이 소용돌이치며 그곳으로 빠져드네

　홀로그램처럼 펼쳐지는 삶의 편린들 내 꿈의 항해일기를
더듬거리네

　나, 돌아갈 수 있을까

＊파스칼 키냐르 『로마의 테라스』 일부 인용함

To hell

요코하마 요코하마,

검은 비 내리는 수은등의 도시 오늘도 *굶주린 한 마리 거미가 여덟 개의 푸른 잎사귀에 실을 걸치네** 나는 요코하마에 가본 적이 없다네 암컷들이 수컷들을 모조리 잡아먹어 모든 번식이 끝나버린 곳 누대에 걸친 지진이 불 꺼진 지하철 기둥을 야금야금 갉아먹는 요코하마 요코하마 너는 어미 뱃속에서 서서히 무너져 내리는 그 회상의 도시를 훔쳐보았다네 불타버린 전신주 위 붉은 참새 빠랄랄라 빠랄랄라 숨가쁘게 리듬을 타고 머리 속을 빠르게 질주하는 요코하마 요코하마 입술도 뭉개지고 점점 퇴화되어가는 다리 나는 반쯤 남은 입술로 하모니카를 불고 참새는 수은등 불빛 아래서 부리를 달싹인다네 빠랄랄라 빠랄랄라 나는 아무것도 보지 못했어 오늘도 *굶주린 한 마리 거미가 여덟 개의 푸른 잎사귀에 실을 걸치네*

치치코프 치치코프,

아버지 빵을 훔치자 흐읍 흡 바닥에 낮게 몸을 엎드리고 한 마리 쥐새끼처럼 불켜진 저 상점 속으로 돌진하자 꿈속에서도 잊혀지지 않는 혐오스러운 얼굴들 치치코프 치치코프 눈을 꼭 감고 단 한순간만이라도 모든 것을 잊어버리고 살기 위해 악착같이 살기 위해 한 움큼의 약을 입속에 털어넣고 아버지를 노려보자 *꽉 잡아 사라지게 해선 안 돼 그 약이 당신을 안에서부터 갉아먹도록 그래서 당신을 다 점령하도록 내버려둬*[**] 치치코프 치치코프 세상이 뱅글뱅글 돌아 내 사팔뜨기 눈이 빵을 잃어버리기 전 저 상점의 불이 꺼지기 전 저녁 짓는 굴뚝같이 따스한 빵속에 시퍼런 어금니를 박자 *꽉 잡아 사라지게 해선 안 돼 그 약이 당신을 안에서부터 갉아먹도록 그래서 당신을 다 점령하도록 내버려둬* 치치코프 치치코프 빨리 빵을 삼켜버려 아아 아버지 손아귀에 굶주린 내 꼬리를 붙잡히고 말았어 흐읍 흡어서 아버지를 쳐 빨리 치라구 치치코프 치치코프 너는 항상 안전하니까

키치죠지 키치죠지,

내가 죽어서 통과해야 할 더러운 골목 시큼털털한 냄새와 음탕한 악기들이 썩어가는 내 작은 육신 위를 동동거리며 뛰어다니는 키치죠지 키치죠지 시계바늘을 붙잡고 덜그럭거리는 갈비뼈로 계속 시타를 연주하는 두타두타 투타투타 슬프게 자라나는 발톱과 검붉게 곪아가는 고환 이 *고통은 너무 현실적이라네 시간이 지울 수 없는 게 너무도*

많다네*** 날카로운 손톱을 세우고 무섭게 달려드는 서글픈 시타의 멜로디 사랑은 모두 죽었어 낙원은 이 골목에서 최후의 막을 내린 거야 키치죠지 키치죠지 나는 죽음보다 더 강렬한 것을 원한다네 더욱 그로테스크하고 더욱 처참하고 광폭한 그 어떤 것 이 고통은 너무 현실적이라네 시간이 지울 수 없는 게 너무도 많다네 두타두타 투타투타 심장이 벌통처럼 파헤쳐지고 정신은 얼음처럼 투명하게 비어가고 있다네 키치죠지 키치죠지 시계바늘을 삼켜버리고 나를 할퀴어줘 아직 자라지 않은 머리칼을 흔적도 없이 뽑아줘 제발 나를 버려줘. 나는 늘 존재하지 않았으므로

에리카나 에리카나,

매서운 북극의 바람이 모든 것을 휩쓸고 지나갔다네 세상의 어머니들은 딱딱하게 얼어붙은 별들에게 자장가를 들려주지만 나날이 늘어만 가는 하늘 가장자리 작은 아기 무덤들 에리카나 에리카나 잠도 오지 않아 지리멸렬한 밤 뼈 속까지 시려오는 밤 시시바바 시시바바 너는 노래 부르고 지상의 최후의 것들은 냉혹하게 견뎌야 한다네 고통도 없고 슬픔도 없다네 나는 바람 속에 있다네 나는 북극의 별이라네**** 너의 노래는 차갑고 외로운 내 정신에 부드럽

고 탐스러운 향기를 드리운다네 퉁퉁 불어가는 너의 젖가
슴 멀리서 들려오는 굶주린 짐승의 울음소리 창문이 최후
의 날처럼 덜컹거려도 천 개의 강이 흐르기 위해서 시시바
바 시시바바 너는 더욱 소리 높여 노래를 불러야 한다네 고
통도 없고 슬픔도 없다네 나는 바람 속에 있다네 나는 북극
의 별이라네 에리카나 에리카나 북극의 밤은 길고 너의 노
래는 왜 짧기만 한 건지 바람 속에 버려진 아기 천사들을
위해 창백하고 아름다운 네 젖꼭지를 물려주는 에리카나
에리카나 너는 천 개의 강이 흐르는 최후의 북극 별

* Hungry spider - Makihara noriyuki
** Killjoy - Czars
*** My immortal - Evanescence
**** Forever - Stratovarius

첨밀밀(甛蜜蜜)[*]

첨밀밀 첨밀밀 밀크빛 구름 사이다빛 하늘 모든 추억은
재생됩니다 봄날이었던가요 가을날이었던가요 섬에 와서
섬에 갇혔습니다 이곳에서는 추억의 풍경들이 더 잘 보입
니다 나는 이십대를 열정만으로 살았습니다 열정은 조금
때 바다 기슭을 힘겹게 거슬러 오르는 게떼들의 거친 숨결
입니다 그때의 열정은 자조이고 생의 아름다운 오류였습
니다

어릴 적 그네를 타다 떨어진 적이 있습니다 하늘 끝까지
닿기 위한 열망은 공기의 밀도와 황홀한 추락과 맞닿아 있
었습니다 달콤함의 끝이 그랬을까요 추락하는 동안 이승
과 저승의 끝자락을 모두 보아버린 듯 했습니다 이곳에 처
음 닿았을 때의 그 아득함! 그러므로 살아남은 자의 언어는
절박합니다 인디언의 후손들은 회고록을 쓰며 지나간 생
을 읽어나갑니다 회고할 수 있다는 것은 아직 추억이 곰삭
지 않았다는 것 추억은 세월에 절여지지 않는다는 것 이곳
의 바람에선 소금 냄새가 납니다 그리하여 나는 절여지기
위해 이곳에 왔습니다

첨밀밀 첨밀밀 밀크빛 구름 사이다빛 하늘 모든 추억은

눈물처럼 짧니다 비의 적막 속으로 몸을 밀어넣습니다 짜
디짠 슬픔이 혀끝으로 퍼지고 나른한 착란이 펼쳐집니다
나는 많이 아픕니다 어머니가 옆에서 사과를 깎고 달력의
숫자들이 내 몸에 창을 꽂아댑니다 알 수 없는 희열에 몸꽃
이 번지고 착란은 내가 살아가는 유일한 힘이었던 것 바다
는 착란을 희망으로 바꾸어 줄 수 있을까요 어머니는 오랜
동안 꽃을 만들었습니다 본드 냄새 풍기는 꽃들은 그 무엇
과도 견줄 수 없는 매혹이었습니다 그것은 어머니의 몸빼
와 허물어진 옛집 부뚜막의 다른 이름입니다 언젠가 본드
에 질식사해 숨져간 소년을 본 적 있습니다 매혹은 자신의
목숨까지도 헌납하게 만든다는 걸 알게 되었습니다 너라
는 매혹은 불구의 내력이었습니다

　갈대가 지천으로 피어날 때 나는 침묵하고 사랑니가 흔
들립니다 흔들리는 것들은 두렵습니다 고향을 등지던 날
마구 흔들리던 어머니의 다리도 서울로 향하던 고속도로
톨게이트의 사르비아꽃도 이별의 두려움만으로 흔들렸던
것은 아닐 것입니다 흔들리는 것들의 배후에는 폐허의 풍
경이 감춘 은밀한 혐의가 있습니다 그것들이 인생 전반을
흔들리게 하는 것입니다 그러므로 스스로 썩지 못하는 것

은 인생뿐

　첨밀밀 첨밀밀 밀크빛 구름 사이다빛 하늘 봄날이었던가
요 가을날이었던가요 사방이 안개에 젖어듭니다 안개는
내가 등진 세계와 내가 사랑하는 세계를 왕래하는 밀입국
자들의 무성한 소문입니다 이 섬에서 뭍으로 나가는 길은
끊겼습니다 정박한 배에선 지루한 시간들이 깃발처럼 나
부끼고 안개 사이로 허리 굽은 노파가 흘러갑니다 흘러가
는 것들은 아직 열정이 남아 있다는 것 허리 굽혀 바닷가에
서 돌을 줍습니다 내가 알지 못하는 곳에서 흐르고 흘러와
이곳에 정박한 돌 모든 돌에는 상처가 있습니다 둥글게 자
신을 다스려온 천 년의 세월이 있습니다 삶의 여정이 너무
도 초라했으므로 온몸으로 부딪혀온 세월이었으므로 물결
을 따라 어느 곳으로 떠날지 모르므로 나도 돌처럼 이곳에
정박했습니다

　첨밀밀 첨밀밀 섬에 와서 섬에 갇힌 뒤 내 속에 섬을 가
두었습니다

　* 진가신 감독의 영화 제목

슬픈 안식일

파도가 종일 성호를 그으며 내게 말을 걸어온다. 뭍의 소식이 그립지 않니 뭍의 사람들이 보고프지 않니 나는 매운 탕을 끓이고 해초를 무친다. 정말 그리운 게 없니 파도가 또 말을 걸어온다. 행주를 삶고 냉장고를 닦는다. 파도는 노을을 등에 지고 이래도 그리운 게 없니 얼굴을 붉히며 닦달한다. 저녁상을 차리고 밥을 푼다. 개집 앞을 기웃거리던 갈매기들 노을 조각을 쪼아대고 뼛속까지 파고드는 파도의 사도신경.

칠흑의 밤을 밀고 파도가 말을 걸어온다. 산다는 것은 떠나온 것들을 반추하는 거야 그리운 걸 그립다고 말하지 못하는 것은 포기하는 것이라구 비평집을 읽고 두 권의 시집을 읽는다. 파도는 밤과 은밀한 미사를 올리며 창문을 두드린다. 나는 퇴고를 하고 편지를 쓴다. 그리고 침대에 눕는다. 인연의 고리 질기디 질긴 칡넝쿨들 뿌리를 더욱 칭칭 동여매고 베갯머리까지 일렁이는 파도의 삼종기도.

파도야 대체 어쩌란 말이냐

팜므파탈

카페지기 네츠토바의 좋은 날 오후

지독하게 목이 긴 사람들이 저마다 다른 지점을 바라보
고 있었네
화가는 목이 긴 사람들을 주시하며 스케치를 했네
숨소리마저 멎어버릴 듯한 시간이 그들 목을 길게 늘려
갔네
연필을 쥔 화가의 그림자 분주해졌네
서쪽 창으로 길게 누운 노을이 목이 긴 사람들을 붉게 물
들였네
한 세계를 향해 있던 그들의 비밀스런 생각이 한순간 허
공에서 만나
오늘은 꼭 저 화가 놈의 목을 분질러버리자
핏대까지 세우던 좋은 날 오후에

좋은 날 오후는 늘 흐리네
담배 연기 사이로 흐려지는 네츠토바의 얼굴
뒤편 벽 세 개의 모딜리아니 그림
그곳에는 네츠토바의 세 남자, 세 번의 사랑, 세 번의 이
별이 매장되어 있네

매번 미쳐버린 사랑, 매번 미쳐갔던 세 남자가 선물한 그림 속 세 사람이 서로를 노려보네
그들 눈빛도 미쳐 있네

목련꽃 대궁 떨어지던 날 목이 긴 사람들은 화가의 목을 분질렀네
그리고 화가의 목 없는 초상화를 그렸네
그림 밑에 화가의 이름표를 다는 것도 잊지 않았네
세 개의 액자 속 기다란 목이 사라졌네
꽃 진 목련나무 같은 세 사람, 노랗게 미쳐가는 창밖 세상을 바라보며
네츠토바의 세 가지 러브 스토리를 안주 삼아 지독한 광기로 빚은 술을 마시네
좋은 날 오후에

빵장수 야곱의 열한 시

그녀는 오후에도 오고 오전에도 오네
코펜하겐을 그리고 싶어
물감을 뒤섞는 밤은 벌겋게 달아오르고 아침은 푸르게

식어버리네
  해 뜨는 집을 그리다 말고 태양을 지우는 그녀
  주홍글씨들이 빵칼처럼 캔버스를 찢으며 달려가네
  밤이면 지지 않는 구름을 만지며 노네
  구름 속엔 슈크림같이 뭉클거리는 그녀의 살점
  그릴 수 없는 것이 있어요
  당신이 몰래몰래 경영하는 오전 열한 시와 오후 열한 시
  어떤 징후처럼 입술을 깨무는 그녀

  반죽을 할 때마다 빵이 부풀어오를 때마다
  빵들은 한 컷의 탐닉 한 컷의 스나이퍼
  그림 속 해 뜨는 집 창문을 열고 가슴에 구름을 뭉텅뭉텅
떼어붙이는 그녀
  탐미적인 눈빛으로 야곱을 바라보네
  가끔 히뜩히뜩 뜻모를 미소를 날리며 코펜하겐으로 향하
는 기차역으로 사라지네
  야곱은 불모지, 빵집에서 오후에도 오지 않고 오전에도
오지 않을 그녀를 기다리네
  코펜하겐은 얼마나 먼 것일까
  한 컷의 절망으로 변한 열정과 한 컷의 우울로 탈바꿈한

위험한 시간을 견디네
　　그녀는 오후에도 오고 오전에도 오지만
　　야곱은 태양 없는 해 뜨는 집 구름 밖에서 서성거리네
　　어느 날 그녀에게서 온 엽서,
　　야곱, 이곳은 열한 시가 너무 많이 존재해
　　괘종시계가 막 열한 번째 종을 치네

굴형

　　　　　한낮은 공포
　　　　　　　　너라는 폭풍

이빨을 번득이며 달리는 열차
외줄로 뻗은 레일
부르르 몸을 떠는 철로변 코스모스

습격은 너로부터 오고
권태는 기적 없는 밤을 토하지

　　　　　한낮은 공포
　　　　　　　　너라는 폭풍

빈 열차가 덜컹덜컹 지나가고
레일은 심하게 몸을 뒤틀어
어둠은 늘 더디게 찾아오지
내가 숨을 곳을 찾기 전에

　　　　　가지 마
　　　　　　　　떠나지 마

어둠이 소란 떨기 전
낡은 트렁크에 나를 파묻어
맨발에 붙은 내 열망을 짓밟아

　　　폭풍 속으로
　　　폭풍 속으로
　　　　　　　도망치는 때 낀 발을 던질 게

외줄 레일 위에 앉지 마
속살 드러내며 즐겁게 웃지 마
날 포기하지 마

생의 소요(逍遙)

부드럽게 내 얼굴을 쓰다듬는 그대
남녘과 동녘의 바람이여,
저 섬으로 불어가거라
저 섬에는 나를 버린 사람이
나무 그늘 아래 몸을 쉬고 있단다
가서 그를 보거든 전해다오
당신 애인이 여기서 울고 있다고[*]

어류골

    내 섬집은 북향이라네 부드럽지도 달콤하지도 않은 하늬
바람이 뼛속까지 파고든다네

    어느 유년의 새벽녘 아버지의 코트 자락에 묻어 있던 불
길한 비린내, 저 바람에 섞여 있다네

    그랬네 어머니의 일손을 도와 밤새 꽃을 만들다 들창을
열면 어둠의 심지로 피워 올린 태양꽃 만발했었네 가슴 속
에 어머니의 희망 같은 풍선 하나 품어도 보았다네

    이곳에 와서도 버릴 것을 버리지 못했네 잊을 것을 잊지
못했네 섬에 갇혔다는 두려움 도처에 기생하고 새들의 지
저귐에도 마음 열지 못했네

    종일 저 바람처럼 바다의 뒤태를 쓰다듬으며 노을에게
벙어리 입만 벙긋거렸네

하늬바람이 부네 어류골의 바람이 부네

땅거미 내려앉는 어류골, 아랫도리 발가벗겨져 죽어가는 느릅나무 오소소 떨게 하는 하늬바람, 나 저 바람 속에 헐벗은 마음 올올이 풀어주리

하늬께

하늘 하늘 하늬께에 눈보라 날리네 부끄럽지도 순결하지도 않은 눈보라가 뭍의 냄새를 실어나르네

전신주를 휘감은 칡넝쿨 무리 하얀 군단을 이루며 내 눈(目) 속으로 달려드네

그랬네 생이 휘청거릴 때 눈(雪)이 눈 속으로 파고들 때 우리는 눈물을 흘리면서 다가올 미래를 결코 두려워하는 법 없었네

흐느끼는 시누대숲, 다섯 채 농가農家를 제 품속에 감췄다 꺼내놓기를 반복하고 누군가 쌓아올린 돌탑 저 홀로 위태로운 시간을 견디고 있네

당신이 지치고 내가 지칠 때 나는 이곳을 찾았네 그때마다 파도는 내 상념을 호되게 꾸짖다 사라졌네

눈보라가 날리네 굴 따는 노파의 굽은 허리를 위무하며 하늬께의 눈보라가 흩날리네

산다는 것은 저들처럼 위태로운 생의 등짐 지고 허리 굽
도록 걸어가는 것 바다에 잠겼다 솟았다 하는 닭섬, 내 생
각의 풍랑을 되새김질하네

지금은 당신이 많이 아픈 때 그리하여 나 당신에게 부치
지 못한 편지를 저 눈보라들에게 띄워보내네

멀리 섬마을민박 노래방 기계소리 *너 떠나보낸 지 몇 년
이 지났는지 모른다고* 젖은 목소리로 서럽게 저녁을 밀고
오네

눈보라 몰려가고 새로운 눈보라 몰려오네 하늬께의 하루
가 다 덮여가네

장골

이 섬의 명동은 장골이라네 젊지도 늙지도 않은 빗방울
이 수시로 방문하는 곳

여름날의 장골은 푸른빛으로 창창해지네 밤이면 피서객
들을 향하여 오색 불빛을 발하는 늙은 상점들 그곳에 가면
잊으려고 안간힘 쓰던 것들 불을 환히 밝히고 불현듯 달겨
드네

그랬네 나 이십대 마지막 문턱에서 사랑을 잃었고 사랑
을 가슴에 묻었네 이 세계엔 아름다운 사랑은 없다고 일기

장에 수없이 적어나가던 날들

　비가 내리네 울긋불긋 장골의 비가 내리네

　지수통닭집 알전구들 빗속에 명멸하고 저 멀리 가톨릭 공소의 십자가 불빛 속 하느님의 나라 또한 영원히 빛나고 있네 그분의 나라는 정말 겨자씨 같을까

　태워도 태울 수 없는 것이 있다는 것, 장골에 오면 깨우쳐지네 태양 아래 선탠을 하며 내일도 오늘처럼 빛날 거라는 생각, 피서객들은 무엇으로 보장받을 수 있을까 문득 어제 마시고 버린 빈 캔의 행방이 궁금해지네

　생이란 이렇듯 문득문득 찾아와주는 까마득한 기억들로 채워지는 항아리 같은 것

　그리하여 나 빗방울들 모두 모아 그 항아리에 채울 것이네 채우고 채워 촉촉한 빗물 같은 체온 이 세상에 넘쳐 흐르게 할 것이네

달바위골

　오후 두 시의 산책길 우리집 개 럭키와 달바위골로 향하네 세 채의 민박집 개들 컹컹 맞이하며 꼬리 치는 곳

　오늘은 풍랑주의보 내린 날 대부도와 인천발發 뱃길 끊겨 침묵하고 있는 선착장의 닻 이런 날이면 섬마을은 파도

소리 드높아지고 개 짖는 소리 마을의 적막을 뒤덮네

　피서철 달바위 선착장엔 만남과 이별이 뒤섞이고 계룡호
횟집 도마 위 물고기들 수십 번 이승과의 결별을 맞이하고
야 마네

　그랬네 살면서 떠나보낸 것들 너무 많았네 손에 쥐었을
땐 하찮고 구질구질했던 것들 막상 떠나보내고 나면 저리
도록 그리운 것들

　그러나 떠나보내도 떠나지 않는 것들 있네

　그리하여 바람은 불어오고 풍랑은 더욱 거세어지며 눈보
라는 또 다른 눈보라와 더불어 머나먼 나라로 향하는 것이
네

　바람이 부네 스산한 달바위 선착장의 바람이 부네

　그리운 이들을 배웅한 뒤 텅 빈 선착장에 서서 눈물을 숨
길 때마다 사람이 사랑을 떠나 살 수 없다는 생각, 그토록
사무칠 줄 몰랐네 그러므로

　바람아 바람아 너 불어가거든 나 여기서 시름시름 흔들
리고 있다고 누구의 귓전에든 속삭여다오

　＊옛 마오리족 민요

바람의 엽서

　　새벽에 풍랑주의보가 내렸어요 선착장엔 종일 파도만 숨
가쁘게 방문하고 매표소 자물쇠는 이곳 섬사람들의 입처
럼 굳게 다물어져 있어요 바람은 주인 잃은 항아리를 쓰러
뜨리고 고목의 팔뚝을 부러뜨리며 울먹이기 시작해요 윗
마을 염소들이 울고 우리집 개들이 짖어대요 한순간 바람
이 창문을 기웃거리며 소리쳐요 나는 바람처럼 가진 것이
없으므로 바람의 손에 쥐어줄 것이 없으므로 그 외침을 받
아 적어요

나는 가보지 않은 곳이 없다네
나일강과 갠지스강, 오페라 하우스와 비엔나
그리고 부다페스트와 바르샤바까지
그러나 어느 곳에도 내가 안주할 곳은 없다네
한낱 꿈처럼
카스피해를 거쳐 지중해를 지나 리옹에 도착하지만
나를 돌고 돌게 하는 것은 평범한 일상일 뿐이라네
누군가는 나를 그리워하고
또 누군가는 나를 증오하지만
나는 그것들을 품을 가슴조차 없다네

　　바람은 숨이 턱까지 차오르는지 잠시 멈춰 서고 파도는
분별없는 뭍의 소식 뱃전에 토해내요 바닷속 물고기들은
그 소식의 파문을 따라 웅성거려요 사나운 항해를 마치고
돌아오는 뱃고동 소리 섬마을 사람들의 가슴을 헤집고 누
군가는 맨발로 뛰어나오는 제 그림자를 메마른 땅 위에 찍
고 있어요 윗마을 염소가 다시 울고 바람이 휘파람을 불기
시작해요 휘파람 소리 유리창에 대고 알 수 없는 나라의 음
악을 연주할 때 나는 마음의 펜으로 악보를 받아 적어요

뭍에는 육식이 횡행하고 폭식이 장려되고 있다네
서로가 서로의 먹이가 되고 또 되어 주고
하루를 견디는 것은 먹이를 충분히 섭취하는 것
그곳에서의 변명은 '안녕?'
내가 스쳐지나온 곳마다 지겨운 풍경이 반복되지만
누구도 삶의 방식에 대해 주석을 달지 않는다네
고독은 사치이자 방종
그러나 그것이 자신의 변명에서 비롯된다는 것을
아무도 알지 못한다네
서글프면 미친 듯이 일을 하고
외로우면 미친 듯이 수다를 떠는

그곳은 숨쉴 수도 휴식할 수도 없는 폐허

바람은 달 속에 숨죽이며 몸을 데피고 있던 어린 구름이
었을까 난산難産의 바다였을까 바다와 구름이 사산死産한
달조각을 어딘가로 하염없이 실어보내는 휘파람 소리 이
젠 메아리가 되어 왜 지구 끝까지 줄달음치고 있을까

누추한 태양이 갯벌 위에 널브러지고
부드럽게 안겨오던 갈대가 갑자기 허리를 꺾을 때
내가 아프고 너희들이 아픈 까닭은
바다와 구름이 전해주는 폭풍의 전조
너희들은 일기예보처럼 내일을 설계하지만
흘러도 흘러도 닿을 수 없는 달콤한 나의 잠
떠돌고 떠돌다 메아리로 되돌아와
끝내 늘 제자리에 닿는 나의 생
그것만이 진실이고 후일담일 뿐

고독한 독도*

1. 청춘 역사驛舍

우연히 들른 〈多多〉

광화문 한복판 비좁고 삐걱거리는 목조계단을 밟고 들어
서자 청명하게 울리는 종소리 검은 옷의 주인 언니 여전히
주근깨 송송 미소로 반겨주는 내 청춘 역사驛舍 술에 취한
이문재 선생님과 시벗들과 함께

  팝콘이 파르르 떨려오는 추억의 목울대에 걸리고 콧날이
시큰거리고 눈시울이 붉어지기도 해서 소슬소슬 쓸쓸한
이슬비는 내리고 너의 침묵 콘드라베이스 음계로 낮게 깔
리는데 너의 이름을 잊기 위해 애쓰던 날들과 너 있는 어느
항구도시 밤 등불이 새어나오는 오래된 전축 불빛

  이십대의 청춘 역사 〈多多〉

  뒤늦은 안부를 물어오는 주인 언니 주름살 깊게 패일 때
깜빡거리는 촛불 사이로 걸어오는 그리운 너의 실루엣 취
하기 위해 청춘 역사의 시계바늘을 현재로 되돌리기 위해

술잔을 들며 흔들거리는 내 눈동자

그렇게
너의 이름을 나는 잊었다

망각도 추억의 일부라고 등 두들겨주는 화장실 백열등
속으로 속으로 울음을 삼키는 목조계단

2. 청춘 만빵

겨울, 경포대

아무것도 손에 쥘 수 없는 마음으로 찾아든 〈소망〉 민박
여장을 풀고 바닷가로 나가자 노을이 바닷물에 몸을 담그
고 파도는 너 있는 항구도시의 부유물을 해변가에 실어나
르고

그렇게
너의 이름을 나는 잊었다
토해낼 울음이 많아서가 아니다 그저 너 있는 항구도시

의 공기를 마시고 싶어 심호흡을 하고 또 하는

　　이십대의 청춘 만彎 〈경포대〉

　　폐 속 깊이 밀려들어오는 노을빛 연서戀書저물녘 파도는
치유의 힘 희망을 연주하는 부드러운 손길

　　그리고
　　그렇게
　　저문 해변가에 앉아 캔 맥주 세 개를 추억의 정수리에 부
었다

3. 고독한 독도

　　달래가 지천으로 피어나고 미나리가 흐벅지게 몸 푸는
곳 섬과 섬 사이 고독하게 숨죽이며 밤마다 자줏빛 달을 순
산順産하는 섬

　　내 생의 마지막 역사驛舍
　　굴을 따고 소라를 잡고 바지락을 캐고 늦은 저녁상에 앉

으면 횡경막을 텅텅 두드리는 청춘 노래

언젠간 가겠지 푸르른 이 청춘 피고 또 지는 꽃잎처럼 달
밝은 밤이면 창가에 흐르는 내 젊은 연가가 슬퍼라

그렇게
너의 이름을 나는 잊었다

밭을 갈고 씨를 뿌리고 자꾸 솟아오르는 잡초를 뽑아 올
려도 꽃잎은 시들고 남는 것은 청춘의 부장품들뿐

내 마음의 고독한 독도 〈자월도〉

자궁을 삼켜버린 바다

너는 그곳 어디쯤에서 엄마 없는 아기들과 함께 푸른 인
광으로 빛나고 있는 것은 아닌지

바위에 앉아 달무리치마를 뒤집어쓰고 어느 항구도시,
너 있는 별자리를 향해 몸을 던지고 또 던지며

그렇게
너의 이름을 나는 잊었다

내 마음의 고독한 독도獨島

140

밀입국자들

1. 안개

창궐하는 해야

나는 이 섬에 닿기 위해 안간힘으로 너를 달려왔다 곱사
등에 이슬덩이 업고 죽은 이들이 아코디언을 접었다 펼치
는 파도의 길을 따라 밤새도록 너를 지우는 꿈에 신열이 올
랐다

무엇이 그토록 나를 달뜨게 했던가

그렇다 나는 너를 잡아 품기 위해 미래는 버리기로 했다
정염이란 나를 위해 모든 것을 떨치며 너를 사는 것

바다 기슭의 모래알들 볼을 부벼대지만 나는 기꺼이 스
러질 생을 위해 나무와 새와 꽃들에게 체액 한 줌 뿌려주며
오로지 너를 위한 음악으로 스미고 싶을 뿐

여리디 여린 목숨으로 떨며 떨며 창궐하는 너에게 포개
어질, 내 영혼은 죽음을 간절한 삶이게 하는 것

2. 눈보라

나는, 새들의 날갯짓 속에 떠도는 하나의 음악
동토의 변방에서 태어난 음계들

어느 낯선 해안가를 배회하다 바다의 힘찬 물살에게 몇
장의 숨결을 보태고 숨결이 숨결을 낳는 밤의 품 안에서 어
린 짐승들의 눈빛은 빛나고 있다

이 순간을 무엇으로 덮어줄 것인가

야윈 풍경 위에 솟아오르는 나의 망명국

망명은 너를 버리는 것이 아니라 비로소 나를 버리고 다
시 얻는 것 그러므로 나는 스스로 눈물보다 진한 둔주곡이
되어야만 한다

그러나 내 우울의 냄새는 저 높은 산을 넘지 못하고 바람
의 비탈에서 휘돌 뿐 아주 먼 미래에도 내 마음의 냄새를
저 바람은 기억할 수 있을까

바람이 곤두박질칠 때 나는 차가운 대지가 보듬어 안은 또 하나의 음계를 뜨거운 이마로 짚어본다

내 몸의 열은 내 속의 차가운 정신이 일으켜 세운 것

내 몸짓 닿는 곳마다 잊혀진 사람들의 체온이 묻어나고 그리하여 나는 새벽을 이끌고 이름도 없고 국경도 없는 나라로 망명하러 간다

3. 빗방울들

축복인가 저주인가

정의 내릴 수 없는 내 안의 것들이 스타카토 스타카토 떨어진다. 가을인지 봄인지 모를 나는 늘 도래하지 못한 계절 앞에서 추락하고야 만다

는개비 이슬비 가랑비 내 목숨 앞에 붙여지는 저 수식어들, 모두 내 것이 아니다 갈대가 갈대이기 위해서는 온몸을 휘어야 하듯 내가 나이기 위해서는 낙하해야만 한다.

그러므로 흘러야만 한다.

저기 핏줄처럼 당기는 투명한 빗방울 친구들 그렇다 우
리 몸 속엔 물기를 빨아들이는 음악이라는 자석이 있는 게
분명하다

음표만한 몸통으로 대지의 뼈에 거꾸로 박히는 생, 그리
하여 풀들의 물결보다 더 강인한 생명을 싹틔우는 것

내 속의 꺼지지 않는 빛줄기 하나 허공에 길을 틀 때 바
람이 지나간 자리마다 새들은 둥지를 틀고 그 둥지 위에 문
패를 달아주는 나

아무리 달려가도 닿을 수 없는 것들이 있다 아무리 껴안
아도 만질 수 없는 것들이 있다

무엇을 되짚어 볼 것인가

무수한 하늘 전선 위에서 나는 스타카토 스타카토 생의

배후를 추적한다

4. 그리고 뭇별들

우리는 모두 회귀해야 한다

밤하늘에 빛나는 수많은 별들을 보라
그것들은 모든 죽음을 다시 부활시키고 곧 죽어갈 이들
의 늑골에 따스한 체온을 불어넣어 주리라

지상에는 더 이상 그리워할 것들이 없지 않은가 보듬어
야 할 것들이 없지 않은가

밤의 촛불을 곧추세우는 음악만이 곳곳에 전령을 보낸다
바람아 꽃들아 새들아 안녕, 안녕, 안녕한가

그리하여 나 죽어 별이 될 것이다

아득히 먼 발 밑을 흐르는 물소리 새소리 바람소리 내
몸 켜켜이 쌓을 것이다 천 개의 계단을 느리게 오르며 중

천中天에 올라 지상을 아우를 것이다

불멸의 내 영혼, 뭇별들이 타오른다
타오르고 있다

나는 이미 죽어 별이 된 것일까

저 바다의 악사들은 어디로 흘러가는가

1

나 산책 가네

오디가 그대 선홍빛 입술처럼 빛나는 뽕나무 숲길 지나
일곱 송이 봉분 파리한 언덕을 오르네 봉분의 화병마다 꽂
혀 있는 나리꽃 그 이파리마다 점점이 박힌 눈물방울을 실
어나르는 바람은 나의 보폭만큼 숨이 차오르네

나 적막의 정수리를 쓰다듬는 섬의 북쪽 분무골에 가네
수시로 안개가 불법 체류하는 그곳에 가네 낡은 목선木船
구름 따라 흔들리고 비파처럼 흘러 다니는 해초의 음계 그
음계를 적어나가는 파도는 오래된 바다의 악사

언젠가 그곳 앞바다에 시커멓고 커다란 배 한 척 정박했
었네 갑판에는 사내 몇 어슬렁거리고 그들을 염탐하며 공
중을 선회하는 갈매기떼 왜 나는 그때 알 수 없는 두려움에
떨어야 했던가

밤꽃 향기 지천으로 지분거리는 분무골

그러므로 나 누군가 사무치게 그리워져 바닷가에 돌탑을
쌓고 또 무너뜨리고 입 안 가득 오디빛 물들이고 섬집으로
돌아가는 길 검은 염소 한 마리와 덜컥 눈이 마주치네 그
눈동자 속엔 그리운 얼굴들 한 무더기 음악으로 몽글몽글
피어오르네

2

　나 똥섬 가네

　해송들 서로 어깨 걸고 늠름히 해풍 맞고 서 있는 장골
지나 솔밭집 언니와 팔짱 끼고 그곳에 가네 바닷가에서 굴
을 캐다 사는 게 너무 팍팍해 질펀하게 운다는 그녀 사연
들으며, 똥섬에 가네

　섣달 그믐 노을 배웅하러 나 똥섬에 가네 바닷물에 깎이
고 깎이며 한 덩이 뜨끈한 똥처럼 뭉근히 자리를 지키고 있
는 똥섬 그곳에는 기형의 소나무들 살고 있네

　바위에 내린 뿌리 뽑힐 듯 뽑힐 듯 흐늘거리는, 솔내음으

로 바다의 갈빗대를 연주하는, 간절한 목숨들이 겨우겨우
살아가고 있는 곳 그리하여 나 그 소나무들에게 서러운 바
다의 악사라 이름 붙여주네

　설탕 같은 백사장 밟으며 똥섬을 건네 언젠가는 바다 속
에 수장될 그 섬의 운명을 예감하며 안타까이 마지막 노을
을 배웅하네 인천발發 뱃고동소리 섣달 그믐 저녁에게 이
별을 뿌리며 똥섬의 어둠은 겹겹이 스며드네

　멀리 해안도로 가로등 불빛 홍시처럼 터질 때 바다는 앙
상한 내 영혼의 풍금을 연주하며 썰물의 시간을 맞이하네
내 영혼의 불멸좌座, 저 바다의 악사들은 모두 어디로 흘러
흘러가는 것일까

새들은 페루에 가서 죽다[*]

이곳은 페루
자줏빛 달이 뜨는 섬
깨진 알을 낳은 새들이 자꾸 헛발길질을 하고
바람은 파도를 거슬러 솟구쳐올라요
페루로 가는 길은 알 수 없지만 나는 페루에 있어요

해안선을 따라 죽은 물고기들이 시간을 말리고
나는 갈증 없는 기억들을 건조시켜요
향기 없는 바람이 목울대를 간질이고
머나먼 대륙의 모래는 안부 잃은 당신 소식 전해 주어요

꽃이 피지 않는 섬
이곳에서 나는 몇 계절을 충분히 견디고
당신은 기어코 십년 전의 그 향기로 내 품에 안겨오므로
바람결에 당신의 체온이 묻어나므로
당신의 소식을 기다리지 않기로 했어요

참으로 알 수 없는 파도의 말씀
낡은 시계추처럼 위태로운 추락 직전의 그리움
부쩍 시야가 좁아져가는 나,

눈 먼 새처럼 주변의 것들에 대하여 천착하게 되는 것은
왜 일까요

페루라 이름 붙여진 섬
세상으로부터 망명한 나의 안식처
사방에서 번져오는 고요와 침묵
당신의 숨소리 한 올 한 올 곱게 땋아 내 속 깊은 우물 속
으로 던져넣어요

저 깊은 곳에서 울려나오는 공명음
새들의 울음소리
시간에 저항하는 성난 바람소리
고요 속의 함성
함성 속의 침묵
당신은 페루를 모르지만
페루에는 당신의 숨결이 흐르므로 당신을 찾지 않기로
했어요

자줏빛 달 속에 떠오르는 천 개의 숨결
미끄러지고 고꾸라지고 흩어지는 그 숨결 속에서 터져

나오는 천 개의 별

  집 없는 새들의 눈물이 파도 위 실로폰을 연주하고 입술
이 뭉개진 나는 노래를 불러요

  천 개의 별이 흐르고 천 개의 고요가 왁자지껄 굴러도 천
개의 불멸은 침묵하고 있어요
  새들은 별자리마다 둥지 같은 무덤을 파고
  비로소 내 속 깊은 곳의 우물 속에 던져진 밧줄이 목울대
를 밀며 토해져 나와요

  당신은 머나먼 대륙에 있고 이곳 페루에도 있으므로
  당신의 이름을 부르지 않아도 당신은 그곳에 있고 이곳
페루에도 있어요
  그리하여 새들은 죽지 않고 다만 힘을 잃어갈 뿐
  불온한 안식이 도처에 우글거릴 뿐

  우상도 없고 은유도 메마른 곳, 페루
  침묵의 망명자인 새들만이 마지막 숨결을 몰아쉬며 날갯
죽지를 모래톱에 묻어요

시간이 모두 정지해버린 페루

살아도 살아지지 않는 날들

그러므로 아무것도 기다리지 않고 아무것도 호명하지 않
기로 했어요

*로맹가리 소설

저녁의 미사
―랭보처럼

> ― 나는 지독한 한 모금의 독을 삼켰습니다
> 나에게 다다른 충고여 세 번 축복받으라
> 나의 내장이 타는 듯합니다 독액의 격렬함이
> 사지를 뒤틀고 나를 일그러뜨리고
> 나를 넘어뜨립니다
> 목이 마르고 숨이 막힙니다
> 소리를 지를 수도 없습니다
> 지옥! 영원한 고통! 불길은 어떻게 일어나는가
> 나는 더 말할 나위없이 타오릅니다[*]

지금은 4월, 혁명의 계절입니다
꽃들이 사방으로 퍼지고
수십 년 이 계절의 혁명을 견뎌온 내 고독의 제국은 어떠
한 명분도 없이 울창합니다
소심함의 가면을 쓰고 어스름 뒤에 매복해 있는 제국의
몸뚱어리는 침묵으로 저녁을 조롱합니다
아, 나날이 쌓여가는 시간들은 제국의 서자입니다
음울한 정글입니다
정글 속을 배회하며 나는 점점 작아져갑니다

*

푸른 창공에 돌멩이를 던집니다

구름까지 닿지 못하는 시간의 중력 앞에 또 다시 무릎을
꿇고야 맙니다

깨달음은 한순간에 정복되지 않으므로 매번 적당한 텐션
을 유지해야 합니다

당신과의 거리도 그렇습니다

돌멩이가 떨어지고 있습니다

분노한 말처럼 사방의 공기를 밀어젖히며 우울한 폭력에
감염되어 갑니다

노을이 배후에서 빛나지만 그건 찰나의 풍경일 뿐

도처에 생의 폭력과 지루함이 우글거립니다

*

입을 다물고 풀꽃들의 외침을 듣습니다

그 소리에 노을이 울컹거리고 성난 파도가 침울해지고
조난당한 내 시가 핼쑥해집니다

간교한 짐승처럼 늘 바다를 외면해 왔지만

저물녘이면 바닷가 외로운 섬집 한 채 위태롭게 휘청이

고
　　이 고독한 독도, 자월도 선착장에서 휘번둥거리며 방황
하는
　　내 하루가 빈혈을 앓습니다

＊

　　명치끝이 실핏줄처럼 푸르러지는 저녁
　　랭보를 읽으며 지옥으로 향하는 배를 탑니다
　　비타비아를 거쳐 키프러스를 통과해 홍해에 닿습니다
　　홍해의 물살은 취한 배를 도도하게 노려보며 눈동자를
가볍게 춤추게 합니다
　　나는 번개로 갈라지는 하늘, 소용돌이와 파랑과 해류를
알고 있습니다**
　　그것은 메마른 입술을 파르르 떨며 새벽 부두를 헤매이
던 젊은 날입니다
　　갑자기 쏟아지는 빗발, 어느 곳에도 정박하지 못한 망명
자의 운명을 벼랑 아래로 곤두박질치게 합니다

　　＊ 랭보의 시 「지옥의 밤」에서 부분 인용함
　　＊＊ 랭보의 시 「최한 배」에서 부분 인용함

156

오! 해피데이

그는 내 지하 감옥의 첫 방문객이었네

*

나는 그에게 가슴을 던졌네

*

그는 내가 던진 가슴에 촛불을 밝혀주었네

*

지하 감옥은 다시 푸르러졌고
기타소리 귓전에 뿌려졌네

*

촛불은 꺼지고 기타소리 사라졌네

*

나는 잊혀지지 않는 망각의 집 한 채를 지었네

*

지하 감옥에 더 완강한 철창을 세웠네

*

개나리가 요령을 흔들 때마다

*

누런 벽이 콜라빛으로 변색되기 시작했네

*

목소리마저 나의 일부가 되지 못한다는 것을 알았을 때

*

망각의 집을 허물어버렸네

*

사랑의 기억은 꿈 없는 잠만 잤네

*

지하 감옥 안으로 서른의 프롤로그가
그레고리안 성가처럼 울려퍼졌네

*

내 몸이 마음을 부둥켜안고 놓지 않았네

*

죽음의 그림자가 콜라빛 벽에 들러붙어 있네

*

아주 느리고 경쾌하게

*

오! 해피 데이

충동, 분열, 탈주의 고독한 미로

홍용희(문학평론가 · 경희사이버대학교 교수)

정원숙의 시 세계는 뜨겁고 아프고 불온하다. 그의 시적 삶은 환상과 실제, 무의식과 의식, 상상과 현실의 가학적인 충돌, 분열, 위반의 다채로운 파생 속에서 전개된다. 그래서 그의 시편들은 여리고 섬세하고 화려하면서도 불경스럽고 야수적이고 일탈적인 충동의 열기가 지속적으로 뿜어져 나온다. 그의 이러한 시적 특성은 프로이트식 화법으로 말한다면, 의식의 저변을 이루는 본능적 충동(이드)의 전복적 작용과 분출의 산물인 것이다. 그렇다면, 이와 같은 무의식적 욕망과 현실적 지배질서의 심각한 불협화음의 연원은 무엇일까? 정원숙의 시 세계에 대한 이해는 여기에서부터 출발한다.

최초의 목소리는 심장과 항문 속에 묻히고 미처 열리지

도 않은 구멍들을 찢고 터져나오던 각혈. 핏덩이가 핏덩이를 쏟아내던. **I was born; 폐인** 나는 당신 등에 업혀 숲길을 내달렸죠. **아버버버**… 숲이 울고 **어버버버**… 나무가 젖고 당신 등은 자궁 속보다 따뜻했죠. 상처가 고통이 될 때까지 고통이 고름이 될 때까지 고름이 고해를 할 때까지 나는 늘 당신 등에 업혀 각혈하는 핏덩이. **I was born; pain** 천둥과 번개에게 목소리를 먹히우던, 탯줄에 묶인 뿌리에게 발목을 잡히우던, 태어남이 곧 죽음이던 그 밤, 당신 등은 너무 따뜻했어요. 자, 보세요. 손가락 발가락을 다시 세어 볼 게요. 천둥 번개 치던 그 밤을 부디 잊지 말아요.

— 「I was born」 부분

　　시적 화자의 탄생 설화가 기술되고 있다. 시적 배경을 이루는 "천둥/번개/비" 등의 이미져리가 원시적 자연의 신비감을 자아낸다. 인간사에서 어린 아이의 탄생은 그 자체로 축복이고 축제이다. 그러나 여기에서는 오히려 불안, 공포, 고통, 상처가 주조음을 이루고 있다. 아이의 목소리가 "천둥과 번개" 소리에 먹히고 있다. 그래서 화자는 "등"이 따뜻했던 "당신"으로 인해 생명의 보존은 가능했지만 그러나 "태어남이 곧 죽음이"었다고 회고한다. 시적 화자에게 외부세계는 처음부터 배타적이고 억압적이었던 것이다. 다시 말해, 화자는 처음부터 욕망의 억압과 좌절에서 오는 강박적 신경증에 시달릴 수밖에 없었던 것이다. 인간은 누구나 사회적 구성원으로 진입하면서 욕망의 억압으로 인한 신경증으로부터 자유롭지 못하지만, 그러나 대부분이 자연스럽게 '충동의 승화'를 통한 현실계와의 타협을 이루어 낸다. 하지만, 시적 화자의 경우 이와 같이 "태어남이 곧 죽음"이 되는 극단적인 자기 부정의 길을 경험하게 된다. "태어남이 죽음"이기에 시적 화자에게 외부 세계는 허위이고 "허구"이다. 현실적 자아와 본질적 자아는 처음부터 서로 극한적으로 어긋나는 길을 향하고 있다. 다음 시편은 이러한 특징적 출발을 보이는 정원숙 시 세계의 창작 방법론을 보여준다.

> 딱 한 가지만 기억해요./그게 뭐죠?/내가 아는 모든 것이 허구에 지나지 않는다./당신이 아는 나도 허구란 말인가요?/당신은 왜 내 두개골 뚜껑을 찾아다니죠?/글쎄요./당신은 나의 육체이고 나는 당신의 이드죠./그럼 두개골 뚜껑은 뭐죠?/당신 아버지를 파묻으세요./왜죠?/그 뒤부터 당신도 허구에 대해 확실히 깨닫게 될 테니까요.
>
> —「인터뷰」 부분

"내가 아는 모든 것"은 "허구"이다. 이미 나 자신은 '나'가 아니기 때문이다. 현실적 자아는 타자에 의해 구성되어진 자아이다. 따라서 나의 목소리는 타자의 목소리이다. 그래서 "당신"이 나의 "육체"이고, 나는 "당신"의 의식의 지층 속에 침전된 "이드"이다. 즉 나는 당신에 의해 억압된 무의식으로 존재한다.

이 부분은 '나는 생각한다 고로 나는 존재한다'고 언명한 데카르트의 통합된 주체를 라캉이 '나는 내가 존재하지 않는 곳에 존재한다' 고 전도시킨 논법을 환기시킨다. 라깡은 자신의 이와 같은 논법을 저 유명한 '거울 단계' (mirror image)를 통해 설명한다. 어린 아이는 자신의 몸을 가눌 수도 없지만 거울에 비친 자신의 모습을 보고 총체적이고 완전한 것으로 이해한다. 자아와 타자를 구분하지 못하는 이러한 이상적 자아(ideal-ego)의 단계를 지나 언어를 통해 외부의 금기, 관습, 질서를 습득하면서 상징계에 진입하면, 스스로 자신에게 바라봄의 주체와 보여짐의 주체가 있음을 발견한다. 이것은 바라보기만 하는 나가 아니라 보여짐을 당하는 나도 있다는 주체의 객관화이다. 이때 타자에 대한 자의식이 생기면서 상상계에서의 '원초적 동일시' 와 구별되는 '상징적 동일시' 가 형성된다.

한편, 이 시에서 "당신 아버지를 파묻으세요." 에서 "아버지" 는 라깡의 어법에 따르면 상징적 질서의 표징이다. 즉 상상계의 단계에서 상징계로 진입할 때 거치게 되는 오이디푸스 컴플렉스의 통과 제의의 문턱으로 해석된다. 따라서 "아버지를 파묻" 으면 구성되어진 자아가 활동하는 무대로서의 상징계(현실계)의 허구적 실체를 온전히 이해할 수 있다는 것으로 풀이된다.

이와 같은 시적 주체의 존재론적 특성과 창작 방법론은 다음 작품을 통해 좀 더 구체적으로 암시된다.

퇴근 후 코르셋을 벗는다 내 속의 어두운 짐승 한 마리,
쥐가 눈을 번쩍 뜬다 먹어도 먹어도 배 고픈 쥐 길게 자란
앞니와 낮동안 파묻혀 있던 발톱으로 몸통을 할퀴어대고

이빨 가는 소리를 내는 침대 스프링 몸 속 척추뼈도 갈비뼈
도 엉치뼈도 울음을 터뜨린다 귓속으로 저벅저벅 걸어들어
온다 오늘은 꼭 너를 잡고야 말 테야 쥐는 출구를 찾아 뛰어
다니기 시작한다 자궁을 지나 음순을 열고 몸 밖으로 뛰어
나간다 편의점을 지나 야식집을 지나 하수구로 들어간다
쥐의 발자국을 따라 나는 편의점을 기웃거리고 야식집 쓰
레기봉투를 뒤지고 하수구에 발을 담근다 한순간 쥐는 다
른 쥐를 만나 몸을 섞는다 교미소리 자동차 경적소리에 묻
히고 나는 쥐의 꼬리 쪽으로 손을 뻗는다 잡힐 듯 잡히지 않
는 쥐 나를 옭아매는 또 다른 굴레를 의심하며 쥐를 쫓는다
새벽 별빛 사위어 갈 때 축축한 이슬을 묻힌 채 내 속으로
뛰어들어오는 쥐 음순을 갉아먹기 시작한다 코르셋을 입는
다 낯설지 않은 사람들이 비린내를 풍기며 지나가는 출근
길 누군가 내 속의 풀리지 않는 질, 문을 마구 두들겨대고
있다

—「코르셋」 부분

"코르셋"을 벗자 "어두운 짐승 한 마리 쥐가 눈을 번쩍"
뜨고 활보하기 시작한다. 코르셋에 감금되어 있던 내적 자
아가 해방된 것이다. 이때 "코르셋"은 라캉식 논법에 의지
하면 타자에 대한 자의식으로 형성된 상징적 자아를 가리
킨다. 따라서 코르셋을 벗자 상징계에 의해 억압되어 있던
상상계의 '이상적 자아'가 분출하듯 탈출하는 모습을 보인
다. "쥐"가 "자궁을 지나 음순을 열고 몸 밖으로 뛰어나간
다"는 것은 현실계와 대위되는 잠재적 자아의 본질적 존재

성이 강조되는 대목이다.

정원숙의 시 세계는 이처럼 상징적 자아와 "내 속의 어두운 짐승 한 마리"처럼 살고 있는 이상적 자아의 충돌과 분열의 미로 속에서 전개된다. "내 속의 어두운 짐승"은 상징계의 억압에 대한 반항과 탈출을 갈망한다. 이러한 충돌과 분열은 '발화의 주체'와 '발화된 것의 주체' 사이에 일어나는 불협화음의 양상을 낳기도 한다. 여기에서 발화의 주체는 스스로의 '상상적 관계'에서 오는 것이고 발화된 것의 주체는 타인이 부여한 '상징적 관계'에서 온다. 정원숙 시 세계의 생경하고 원색적인 화법은 전자와 연관되고 친숙하고 안정된 구조는 후자와 연관되는 것으로 보인다.

> 세실리아, 너는 위대한 예술가를 꿈꾸었지
> 메트로놈처럼 딸깍거리는 슬픈 심장을 연주했지
> 그러나 너는 검은 방에서 손가락을 툭툭 분지르고 날개
> 를 뜯어냈지
> 그러므로 너의 비상은 불협화음으로 환치되었지
>
> —「검은 개」부분

> 몸통만한 생의 비애를 등에 지고
> 사제와 형제자매와 사도 바울에게 침 뱉는 저녁의 협객,
> 저녁의 침공, 엄지공주들이
> 엄지만한 음표로 우물을 허물고 붉은 구름의 주재소를
> 부수고 노을을 찢으며
> 네 발 달린 것들과 공중의 날개 달린 것들과

　　그리고 땅 위에 사는 모든 초록 빛깔의 것들을 몰고 기진
맥진 달려오는 것 본 적 있다네

―「엄지공주」 부분

　　목이 잘린 말들이 아카시아 향을 입에 가득 물고 바람결
에 흔들리네

　　당신도 나도 알지 못하는 늙은 도시에 마음까지 읽어내
는 장님이 살지 사람들은 충만한 거지 같다고 돌을 던지고
침을 뱉지

　　내일밤 죽은 내가 모레 아침 태어난 나를 시타처럼 감싸
안네 아카펠라를 흥얼거리네

―「아카펠라, 집시」 부분

　　비교적 문법적 구조는 안정되어 있으나 소통부재의 생경
하고 일탈적이고 원색적인 어사들이 시집 전반에 넘쳐나
고 있다. 시적 질료들 역시 매우 이국적이고 낯설다. 이것
은 그의 시편들이 현실계의 상징적 질서로부터 해방되고
자 하는 강렬한 탈주 욕망에서 비롯되는 것으로 보인다. 관
습적이고 관행적인 일상성의 회로로부터 이탈하고자 하는
열망이 이국적인 문화 감각을 추수하게 된 것으로 보인다.
또한 시적 호흡이 공통적으로 매우 빠른 속도감과 높은 열
도를 지니고 있다. 이것은 억압된 내적 욕망의 충동과 분출
의 강렬성에서 기인하는 것으로 보인다.

　따라서 시적 화자의 분열, 충동, 탈주의 언어들이 고열에 들뜬 채 질주하고 있으나 그 시적 정조는 매우 우울하고 슬프고 고독하다. "위대한 예술가를 꿈꾸"는 "세실리아"의 연주곡이 "슬픈 심장"이고 "엄지공주"가 "몸통만한 생의 비애를 등에 지고" 있는 면모를 보인다. 이들이 표현하는 몸짓과 언어들은 "손가락을 툭툭 분지르"거나 "초록 빛깔의 것들을 몰고 기진맥진 달려오는" 강한 열정을 담고 있지만 그러나 의식적인 현실계 속에서 온전한 실체를 얻지는 못한다. "검은 개"와 "엄지공주"로 비유되는 작고 미약한 동화적 상상력의 층위를 벗어나지 못하고 있는 것이다. 이들의 전언은 현실계에서 자신의 음성을 얻지 못한, 즉 "목이 잘린 말들"로서 "아카시아 향"과 같은 정서적 감각을 통해서만 의사 전달이 가능하다. 그래서 시적 화자의 본질적 자아는 매일 죽으면서 죽지 않고 태어난다. "내일 밤 죽은 내가 모레 아침 태어난 나를 시타처럼 감싸안네"라는 표현이 이를 증거 한다. 현실적 질서 속에서는 분명 부재(죽은) 하지만 그러나 자신의 존재적 활동에 해당하는 정서적 감응을 지속적으로 발현하고 있는 것이다.

　정원숙의 시 세계는 이처럼 현실계의 상징적 질서 속에서 이를 부정하고 탈주하는 잠재적(본질적)자아의 언설이 주조를 이룬다. 이것은 또한 자신의 내면의 상상적 동일성과 타자의 자의식에 입각한 상징적 동일성의 충돌과 분열의 미로라고 표현할 수도 있다. 그래서 그의 시 세계는 쉽게 "이미 타고난 죄를 누구에게도 발설하지 않았지만 모든 이들이 알"(「결빙과 해빙 사이」)게 되는 불협화음의 모습

을 생래적으로 노정한다. 그리고 이러한 생래적 불협화음
은 시적 화자의 삶을 공간적으로 세계의 일상성과 거리를
지닌 "고독한 섬"으로 인도하기에 이른다.

　이번 시집의 후반부에 이르면 폐쇄적인 자기만의 공간에
해당하는 "내 마음의 독도"가 빈번하게 생활 배경으로 등장
한다. 이들 시편들에는 자기 분열과 충동의 폭발적 에너지
보다는 정태적인 권태와 고독의 정서가 짙게 묻어난다. 그
는 "침묵의 망명자"인 것이다.

　　　우상도 없고 은유도 메마른 곳, 페루
　　　침묵의 망명자인 새들만이 마지막 숨결을 몰아쉬며 날갯
　　　죽지를 모래톱에 묻어요

　　　시간이 모두 정지해버린 페루

　　　살아도 살아지지 않는 날들

　　　그러므로 아무것도 기다리지 않고 아무것도 호명하지 않
　　　기로 했어요
　　　　　　　　　　　　─「새들은 페루에 가서 죽다」 부분

　시적 화자는 "우상도 없고 은유도 메마른 곳"에서 "시간
이 모두 정지해 버린" 절대 무의 공백을 느낀다. 이때 "우
상"과 "은유"란 현실계의 상징적 질서와 그로 인해 다채롭
게 변주되는 욕망의 언술을 가리킨다. 따라서 "우상"과

"은유"가 없다는 것은 상징계의 억압적 질서로부터 자유롭다는 것을 가리킨다. 그러나 정작 상징계의 지배 질서가 무화된 곳에서는 상상계의 욕망들 역시 무기력해진다. 무의식의 언설은 의식적 질서의 억압기제를 통해 생성되고 변주되기 때문이다. 그래서 "아무것도 기다리지 않고 아무것도 호명하지 않기로 했"다고 진술한다. 그러나 이러한 정지된 시간의 세계가 곧 이상적 자아가 구현된 세계를 가리키지는 않는다. 정지된 시간의식은 하염없는 그리움과 고독감을 불러들인다.

고독한 섬의 바람이 부네 탁자 위 밤새 눈물의 텍스트를 써나가던 촛불 혼곤히 잠이 들고 목마른 화병이 목을 비트네 나는 언제부터인가 내 이름조차 잊어 버렸네

세상의 은둔자 자월紫月의 산책자 침묵의 몽상가
— 「크레바스」 부분

그러므로 나 누군가 사무치게 그리워져 바닷가에 돌탑을 쌓고 또 무너뜨리고 입 안 가득 오디 빛 물들이고 섬집으로 돌아가는 길 검은 염소 한 마리와 덜컥 눈이 마주치네 그 눈동자 속엔 그리운 얼굴들 한 무더기 음악으로 몽글몽글 피어오르네
— 「저 바다의 악사들은 어디로 흘러가는가」 부분

시적 화자는 "세상의 은둔자 자월紫月의 산책자 침묵의

몽상가"(「크레바스」)가 되어 있다. 그는 이제 "내 이름조차 잊어"버린 일상 속에 살게 된 것이다. 그러나 이것이 곧 상징적 질서에 의해 억압된 총체적이고 완전한 자기 동일성의 '이상적 자아'에 대한 복원을 뜻하는 것은 아니다. 현실계의 회로에서 벗어난 자리에 온통 그리움이 가득 차오르고 있다. "그러므로 나 누군가 사무치게 그리워져 바닷가에 돌탑을 쌓고 또 무너뜨"린다. 그리고 이러한 그리움의 정서는 "생이란 이렇듯 문득문득 찾아와 주는 까마득한 기억들로 채워지는 항아리 같은 것"(「생의 소요」)임을 깨우쳐 준다. 외부 세계의 상징적 질서로부터 멀어지면서 오히려 외부 세계의 의미를 재발견하는 형국이다. 다시 말해, 탄생기부터 시작된 세계와의 극심한 불화와 그로 인한 방황, 분열, 충동의 시적 열도가 오히려 세상으로부터 멀리 떨어진 "자월도"에 이르면서 어느 정도 진정되는 면모를 보인다. 이렇게 보면, 정원숙의 첫 시집 『바람의 서(書)』는 자신의 존재론적인 삶의 극심한 고통의 심연을 넘어가는 고독한 미로라고도 할 수 있을 것이다. 이번 시집 전반에서 노정되는 과도한 발화와 언어의 남용이 시적 날카로움과 선명도를 떨어뜨리는 것이 사실이지만 그러나 생래적인 불협화음 속에서 고투하는 처절하고 치열한 시적 삶의 증표로 선명하게 작용한다. 이제 우리는 이와 같이 생래적 불화의 단계를 가로질러 넘어선 이후에 펼쳐나갈 그의 새로운 시적 삶을 기대하게 된다. 매우 불안하고 조심스럽지만 평온한 시적 삶의 가능성을 낙관해본다. 卷